작곡가
최현일

작곡가 최현일 5

Dr.Dre 장편소설

초판 1쇄 찍은 날 § 2017년 2월 8일
초판 1쇄 펴낸 날 § 2017년 2월 15일

지은이 § Dr.Dre
펴낸이 § 서경석

편집책임 § 김슬기

펴낸곳 § 도서출판 청어람
등록번호 § 제387-1999-000006호
등록일자 § 1999. 5. 31
어람번호 § 제1-2625호

주소 § 경기도 부천시 부일로 483번길 40 서경B/D 3F (우) 14640
전화 § 032-656-4452 팩스 § 032-656-4453
http://www.chungeoram.com
E-mail § chungeorambook@daum.net

ISBN 979-11-04-91197-2 04810
ISBN 979-11-04-91056-2 (세트)

작곡가 최현일

FUSION FANTASTIC STORY

Dr.Dre 장편소설

5

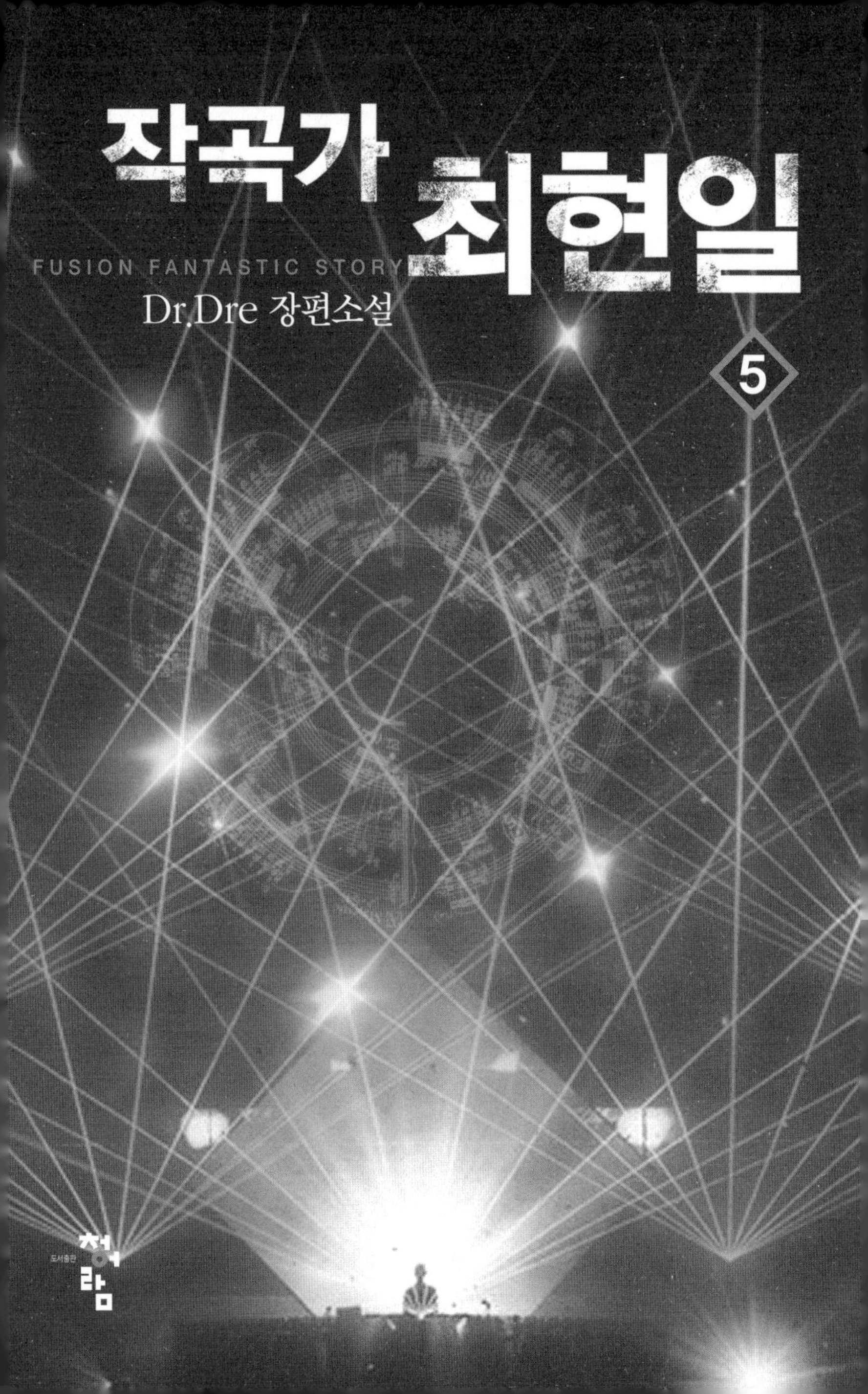

도서출판 청어람

작곡가
최현일

CONTENTS

─망한다니요?

"음… 강민수 씨가 곡을 쓸 때 어땠죠?"

─무슨 뜻인지 잘 모르겠습니다만.

"그냥 옆에서 봤을 때 그 사람 모습이라든가 그런 거요."

─항상 머리 싸매고… 괴로워하고, 술자리에서 푸념하고…
그랬죠.

현일은 고개를 주억였다.

역시나 예상대로였다.

"제가 강민수 씨의 노래를 들어보면 이 사람이 어떻게 작곡
을 했는지가 대강 눈에 보입니다. 그런데 강민수 씨의 곡에는

어떠한 감정도 느껴지지 않아요. 그저 '곡을 써야 한다.'는 압박감에 시달리고 있는 것 같습니다."

―…정확하시네요.

"많은 작곡가가 몇 번쯤 겪는 과정이기도 합니다. 그걸 견뎌내야 일류로 거듭날 수 있는 발판이 되니까요. 물론 이겨낸다고 해서 프로가 된다는 보장이 있는 건 아니지만요."

전화기의 스피커 너머로 한숨 쉬는 소리가 들려왔다.

조남호는 강민수를 자신이 어떻게 생각하고 있는지 갈피를 못 잡는 것 같았다.

혜성을 만든 동료인가.

혜성을 버린 배신자인가.

갈수록 마음이 복잡해졌다.

"아마 강민수 씨는 환경이 바뀌면 뭔가 될 지도 모른다고 생각했겠죠. 하지만 상황이 바뀌어도 안 되는 건 똑같습니다. 작업실에 앉는 게 고통스럽고 곡을 써도 평가를 받으면 멘탈이 붕괴되는 건 안 변할 겁니다."

―그럼 민수는 대체 왜…….

"글쎄요. 어쩌면 채동석 대표가 입에 발린 말로 꼬드겼을지도 모르는 일이죠."

조남호는 다시 크게 한숨을 쉬었다.

들려오는 얘기에 의하면 강민수는 회사와의 마지막도 좋지 않게 끝난 걸로 알고 있었다.

그렇기에 현일의 말이 아니더라도 사실상 그는 혜성은커녕 CL E&M으로 돌아오기도 힘들 것이다.

그가 망했다고 가정했을 때의 얘기지만.

그러나 강민수는 서서히 몰락하고 있었다.

무려 음원 차트 230등.

그 위에는 몇 년 전에 나온 곡도 다수 있었으며 심지어 가수들조차도 이름을 모르는 가수들의 곡도 더러 있었다.

TV에서 혜성은 자주 보이는데, 정작 강민수는 불러주지 않는 고통스러운 생활이 지속되었다.

뉴 월드 엔터에서는 채동석과 옥신각신 말다툼을 벌이기 일쑤였다.

그리고 이제는 자신을 속이기 시작했다.

자신은 채동석에게 속았다고 말이다.

혼자서 끙끙 앓던 강민수는 결국 조남호를 다시 찾아갔다.

"남호야… 미안한데……."

"내가 미안하다."

"……?"

"네가 무슨 말 하려고 왔는지 알아."

"……."

"마음 같아선 다시 받아주고 싶은데, 회사에서 거절할 것 같더라. 미안하다."

강민수는 고개를 푹 떨구었다.

아무 말 없이 발걸음을 돌렸다.

*　　　　*　　　　*

CL E&M.

"참⋯ 정말 이게 무슨 일인지 모르겠습니다⋯⋯."

강민수는 현일의 표절 곡 이후로 제대로 된 곡 하나 쓰지 못했다.

혜성을 만난 이후로는 누구 하나 그를 방송에서 본 사람이 없었다.

채동석은 이전 생의 수순대로 전국에 수배가 내려졌다.

이미 외국으로 도망갔겠지만.

"강민수 씨는 어떻게 됐습니까?"

"정신적으로도 육체적으로도 많이 힘들어합니다. 하지만 손에서 마이크를 놓은 것 같지는 않더라고요."

"그건 다행이네요."

"그럴까요?"

"네. 가수는 노래를 불러야 살아 있는 거니까요. 작곡은⋯ 얼른 자신만의 색깔을 찾아야겠죠."

"⋯아무튼 이제 이 이야기는 그만합시다. 저희 아버지께서 작곡가님을 뵙고 싶다고 하시네요."

"그럼 바로 갑시다. 어디 계십니까?"

"네, 지금 VIP 라운지에서 기다리고 있을 겁니다."

현일은 곧바로 이동했다.

'과연.'

몇 몇 스타들과 유명 PD, CL 그룹의 임직원들, 그리고 그들에게 초대받은 사람만 이용가능하다는 VIP 라운지는 들어서자마자 혀를 내두르게 만들었다.

온갖 먹음직스러운 음식들과 수제 간식들이 혀와 코를 간질였다.

조남호는 현일을 안내하고 아버지와 간단한 이야기를 나눈 뒤 헤어졌다.

현일이 조한용의 맞은편에 앉으며 인사를 건넸다.

"그간 잘 지내셨습니까?"

"덕분에 잘 지냈습니다. 우리 아들 인생을 살려주셔서 감사합니다."

"별말씀을."

그가 농담을 쳤고, 둘은 피식 웃었다.

"식사는 하셨습니까? 여기 음식이 참 맛있습니다."

"좋죠."

현일은 음식을 다 먹고 나서 미소를 지우고 본론을 꺼냈다.

"영화에 대해서 할 말이 있으시다고요?"

"예. 제 친구 녀석이 영화를 한 편 찍고 있는데, 쓸 만한 음악감독이 없는 탓에 꽤 애를 먹고 있는 모양입니다. 그래서 작곡가님을 추천드릴까 해서 말씀을 드렸습니다."

"어떤 영화입니까?"

"이건호 감독의 '기적을 그려라!'입니다."

현일이 눈썹을 찡긋했다.

"그건… 이미 기획 단계는 다 끝나고 제작에 들어간 영화 아닙니까? 지금쯤이면 한창 촬영하고 있을 텐데요?"

"그래야 하는데 상황이 그렇질 않습니다. 혹시 임준후 화백을 아십니까?"

"네, 서양화의 대가시죠."

미술에 대해선 잘 모르지만, 동양인이 인정받기 힘든 서양화풍을, 어떤 서양인보다도 서양화를 잘 이해하고 있다고 불리는 화가라는 건 알고 있었다.

그의 그림 한 점이 수십억을 호가할 정도니 말 다한 거였다.

"'기적을 그려라' 그림 총괄 디자이너를 담당하고 있는 사람이 바로 그분입니다."

"아……."

현일은 탄식을 흘리며 고개를 끄덕였다.

임준후 화백이라면 앞뒤가 꽉 막히고 모든 것이 자신의 뜻대로 흘러가야만 직성이 풀리는 사람이었다.

뭐든지 융통성이라는 이유로 흐지부지 넘어가는 게 없으며 백지에 묻은 티끌 하나 용서치 않았다.

그런 사람이 촬영 현장에 있으면, 제작진과 배우들에게 감놔라 배 놔라 토를 달 것은 당연한 수순이었다.

문득 정현영이 떠올랐으나 그녀와는 비교도 안 될 것이 분명했다.

하나 그렇다고 해서 기적을 그려라가 그렇게 잘된 영화는 아니었다.

잘 쳐줘야 중박 정도였으니까.

대가의 감성이 언제나 먹히는 건 아닌 건지, 임준후 화백이 적당히 타협을 한 건지는 모르지만 말이다.

그가 고개를 저었다.

"이미 음악감독이 여럿 바뀌었다고 들었습니다. 텃세가 장난이 아니라고 하더군요. 한국에서 서양화의 대가가 임준후 화백 외에는 거의 없는 편이라 그 양반을 대체할 형편은 안 되는 상황입니다."

"그런데, 왜 하필 음악감독입니까?"

"전들 알겠습니까? 저도 예술 쪽이랑은 그다지 인연이 없는 사람이라… 어깨너머로 들은 바로는 자신의 그림을 이해할 수 있는 음악감독이 없다고 합니다. 곡의 선정이나 작곡 모두요. 임준후 화백의 그림을 진정으로 이해하는 음악이 아니면 안 된다고 골치를 썩이는 모양입니다."

"음… '기적을 그려라!'는 조 이사님께서 계약하신 영화입니까?"

"그렇습니다. 이 감독이랑 친분이 있어서 흔쾌히 했는데, 이러다가 촬영이 중단되는 건 아닌지… 솔직히 여러 의미로 애가 끓고 있습니다……."

그럴 만했다.

그에겐 자신이 계약한 작품이 얼마나 흥행하느냐가 주요 실적이 될 테니까.

시쳇말로 회사에서 제일 만만한 게 임직원의 모가지라고 하니 말이다.

현일은 곰곰이 생각해봤다.

'흥미가 끌리기는 하는데…….'

특히나 이런 쪽은 자신이 있었다.

현일의 전문 분야였으니까.

타인의 감정을 이해하고, 그것을 음악에 녹여낸다.

그것이야말로 현일이 만드는 음악의 진정한 장점이고, 현일만의 색깔이 아니던가.

고민은 짧았다.

"제가 하겠습니다."

"정말 하실 거죠? 미리 말씀드리는데 번복하시면 제가 곤란해집니다. 임준후 화백 때문에 울고 간 작곡가가 한둘이 아닙니다."

"걱정은 안 하셔도 됩니다. 아니, 제가 아니면 할 수 없는 일인 것 같습니다."

그러자 조한용의 얼굴색이 밝아졌다.

저런 자신감이 필요했다.

내심 현일의 당당한 눈빛에 혀를 내두르며 빙긋 미소를 지었다.

"그럼 조만간에 이건호 감독한테서 연락이 갈 겁니다."

그 외에 조한용과 여러 가지 이야기를 나누고 자리에서 일어났다.

VIP 라운지를 나서니 의외의 인물이 보였다.

"현일 씨!"

정현영이 방긋 웃으며 손을 흔들었다.

"정현영 작가님?"

문득 내뱉은 말에, 그녀가 입술을 삐죽 내밀었다.

"딱딱하게 그게 뭐예요? 이름으로 불러줘요."

"깜짝 놀라서 그랬어요. 여기서 마주칠 거라곤 생각도 못했는데요?"

"여기에 있다는 말 듣고 기다린 거예요."

"무슨 일이십니까? 제가 드린 노래가 벌써 질린 건가요? 하하."

현일은 겉으론 웃고 있었지만, 만약 하나 더 만들어달라고 한다면 정중히 거절하리라 생각했다.

"꼭 볼 일이 있어야만 사람을 만나지는 않잖아요."

"그건 그렇죠."

"현일 씨는 제가 보고 싶지 않았어요?"

그녀는 고혹적인 미소를 지어보이며 말을 이었다.

"저는 보고 싶었는데."

"대작가님께서 그렇게 말씀하시니 영광이네요. 이거 커피라도 한잔 사드려야겠는데요?"

"저녁은 안 사주시나요?"

"기꺼이."

마침 조한용 이사와의 면담이 얼마나 걸릴지 모르는 탓에 오후 스케줄은 모두 비워놓았다.

때문에 저녁까지는 그녀와 어울려줄 시간이 있었다.

"오래 기다리셨나요?"

"네, 목 빠지는 줄 알았어요."

당장 이 회사 안에만 해도 현일을 보고 싶어 하는 사람들이 여럿 있지만, 이렇게 언제 나올 때까지도 모르는 채로 기다린 사람을 그냥 내쳐 버리고 싶지는 않았다.

게다가 김성아 못지않은 아리따운 미녀가 자신을 기다리고 있다면 오히려 감사할 따름이었다.

그녀가 배시시 웃으며 현일의 손목을 잡았다.

"제가 괜찮은 곳을 알아요. 거기로 가요."

*   *   *

염치가 없는 것일까, 아니면 자신은 마땅히 그럴 만한 대우를 받을 가치가 있다고 여기는 것일까.

'딱 봐도 엄청 비싸 보이는 레스토랑인데.'

물론 어떤 비싼 음식이라도 사줄 정도의 여유는 있지만 말이다.

그런 현일의 생각을 읽었는지, 정현영이 쿡쿡 웃으며 말했다.

"설마 진짜로 현일 씨보고 전부 계산하라고 할 줄 알았어요? 덕분에 드라마가 정말 잘 되어서 제가 한 턱 내드리고 싶어서 온 거예요."

"아니요. 제가 내겠다고 했으니 제가 낼 겁니다."

"괜찮다니까요."

"안 괜찮습니다."

그렇게 한동안 둘은 누가 계산하느냐로 사소한 다툼을 벌였다.

"그럼 더치페이해요. 이 이상 양보 안 하시면 저 삐칠 거예요."

"그럽시다."

독이 빠진 그녀의 모습.

다시 품게 하고 싶지는 않았다.

레스토랑에 들어서 자리에 앉았다.

그러자 별안간 웨이터가 에피타이저를 내오기 시작했다.

의아해하고 있는 현일에게 정현영이 설명했다.

"미리 예약했어요."

"제가 안 왔으면 어쩌시려고요?"

그녀는 침묵했다.

'원래 만날 사람이 있었는데 약속이 깨진 건가?'

적당히 생각하며 잠시 어색해진 분위기를 깨기 위해 현일이 화제를 돌렸다.

"그나저나, 요새 뱀파이어의 연예계 생활이 그렇게 잘 되시나 봐요?"

"네. 지금 40부작으로 늘려달라는 걸 간신히 막고 있어요. 그랬다간 나중엔 장편 시리즈로 바꾸자고 할지도 몰라요."

"드라마를 늘리면 좋은 거 아닙니까? 인기가 있다는 뜻이잖아요."

"그래봤자 스토리가 늘어지는 것밖엔 안 돼요. 박수칠 때 떠날 줄 아는 게 진정한 작가의 자세라고 생각해요. 전 제가 쓰고 싶었던 이야기를 쓰고 싶으니까요. 이야기가 절정에 달했을 때 끝을 내야 사람들에게 좋았던 장면만 기억에 남지 않겠어요?"

"그렇군요."

"현일 씨는 어때요? 직업은 다르지만, 같은 창작가잖아요. 어떤 생각을 갖고 계신지 궁금해요."

"작곡을 할 때요?"

"네."

"제가 그쪽 일은 잘 모르지만, 아마 작가와 크게 다르지 않을 것 같습니다."

"그런가요?"

"네. 글 쓰는 거 힘드시죠?"

"언제나 고민하고 어떻게 만들어나가야 할까에 대한 고뇌가 늘 따라다니죠. 그렇지만 제 일이니까 최대한 뚫고 나가야죠."

"보통 일하실 때 무슨 생각을 하시나요?"

"항상 똑같죠. 무슨 이야기를 쓸까. 시청자들은 뭘 원할까. 대사는 어떻게 지어야 할까. 그런 것들이에요. 뭐… 이따금 자기 분량 관련해서 불만을 이야기하는 배우도 있고, 장소의 이동을 최대한 간소화하라는 요청들 때문에 항상 마음먹은 대로 흘러가지만은 않죠."

"음……."

현일은 침음을 흘렸다.

확실히 드라마 작가는 정말 대작가가 아닌 이상 자신이 원하는 대로만 쓰기는 힘들다.

제작비가 한정되어 있고, 자신의 선택에 따라 배우들의 인생이 달라질 수 있는 거니까.

어떻게든 좋은 곡만 만들어내면 되는 작곡가와는 사뭇 달랐다.

'작곡가도 프로듀서나 음반 기획자간의 마찰이 생기기도 하지만.'

물론, 그 한정된 자원 안에서 얼마나 좋은 이야기를 만들어 내느냐가 드라마 작가의 역량을 결정짓겠지만 말이다.

"첫째, 등장인물들의 감정을 동시다발적으로, 유기적으로 상상한다. 둘째, 주인공의 주변 상황을 전체적으로 작가 스스로가 읽는다. 셋째, 자신이 할 수 있는 가장 적합한 문장을 짓는다. 물론 출판하기 위해 쓰이는 소설과 대본은 차이점이 있겠지만, 이 세 가지가 충분히 된다면 몇 년 후에는 정말로 대작가가 되어 있을 겁니다."

가만히 듣고 있던 정현영의 얼굴이 궁금함에서 오묘한 미소로 바뀌었다.

그러면서도 그녀 자신은 대본을 쓸 때 그러한 것들을 생각하고 있는지를 자문해 봤다.

'……'

아직은 아닌 것 같았다.

그러나 머지않은 날, 꼭 이룩하고야 말겠다고 다짐했다.

현일의 말은 이어졌다.

"저는 작곡도 크게 다르지 않다고 생각을 합니다. 첫째, 연주자와 작곡가의 감정을 음악에 이입한다. 둘째, 자신이 느끼는 감정을 청중도 공감하는지 작곡가가 읽을 수 있어야 한다. 셋째, 작곡가가 할 수 있는 가장 적합한 화음의 진행을 배치

한다. 이 세 가지가 완벽해진다면 저도 베토벤이나 모차르트가 되어 있지 않을까요? 하하하."

현일은 마지막에 살짝 농담을 섞긴 했지만, 결국 하고자 하는 말은 예전과 다르지 않았다.

"저는 잘 모르겠네요."

"간단히 말해서, 듣기 좋으면 그만입니다. 저의 음악은 그렇습니다."

"뭔가 장황하게 연설을 하신 것 치곤 결론이 너무 간단한데요?"

현일은 입꼬리를 올리며 물었다.

"베토벤의 장엄 미사라고 아시나요?"

그녀가 어깨를 으쓱했다.

"베토벤이 4년 동안 심혈을 기울여 매달린 합창곡입니다. 그 첫머리에 베토벤은 이렇게 적었습니다. '이것은 나의 마음에서 나온 것이다. 다시 듣는 사람의 마음으로 돌아가길 원한다.'라고요."

"무슨 뜻이죠?"

"아쉽게도 뜻은 적어놓지 않았습니다. 사람마다 해석은 다르겠지만 전 이렇게 생각해요. 듣기에 좋으면 그만 아닌가."

"과연 그럴까요?"

"아닐 수도 있겠죠. 하지만, 이렇게 설명해 볼까요? 드라마에서 가장 중요한 건 뭘까요?"

"재미죠."

"맞습니다. 예를 들어 최근에 방영한 군인이 주인공인 드라마 같은 경우, 주인공이 미군의 발치에 총을 쏘고 상관의 명령에 불복종하고, 시쳇말로 주인공이 저지른 죄가 사형을 세 번 시키고도 남는다 하죠. 이런 개연성 없는 전개 때문에 사람들은 욕을 하면서도 봅니다. 이유는 단순하죠. '그래도 재밌으니까'요."

정현영은 현일의 말뜻을 충분히 이해했다.

장르를 불문하고 만들어진 음악의 목적, 작곡가는 어째서 작곡을 하는가 물어본다면, 다양한 대답이 나올 것이다.

그중엔 '예술을 추구하기 위해서'도 있을 것이고, '돈을 벌기 위해서'도 있을 것이다.

후자는 욕을 먹기도 할 것이다.

아이돌과 기계음으로 점철된 대중가요 판을 비판하면서도 사람들은 듣는다.

왜일까.

이유가 어디에 있을까.

그냥 노래가 좋으니까 듣는 것이다.

＊　　　　＊　　　　＊

아쉬웠지만, 2차를 가자는 정현영의 제안을 끝내 거절했다.

다시 작업실로 돌아왔을 쯤, 현일에게 전화가 걸려왔다.

모르는 번호였지만 이것이 직감적으로 일거리라는 것을 깨달았다.

─이 번호로 연락하면 제법 실력 있는 작곡가를 연결해 준다고 들었습니다.

"제가 작곡가는 맞습니다만."

─그럼 됐습니다. 내일 뵙고 싶은데 가능하겠습니까?

당장 내일 보자는 걸 보면 상황이 급하긴 한 모양이었다.

'하기사 촬영 중단 상태라니까.'

현일은 적당히 시간을 맞춰주기로 했다.

"가능합니다."

─다행입니다. 그럼 장소는 문자로 알려드릴 테니, 최대한 빨리 와주셨으면 좋겠습니다.

"네."

＊　　　＊　　　＊

기적을 그려라! 대본 리딩실.

"아, 글쎄 안 된다고 하지 않았는가!"

리딩실 문 너머로 남성의 중후한 고함이 들려왔다.

안으로 들어서니 이건호 감독이 임준후 화백을 설득하느라 진땀을 뻘뻘 흘리고 있었다.

배우들도 지칠 대로 지친 듯 테이블에 턱을 괴고 대본을 읽는 둥 마는 둥 축 늘어져 있었으며 매니저들은 이 상황이 익숙해진 듯 서로 수다를 떨고 있었다.

그러거나 말거나 화장에 열중하고 있는 사람도 있었고.

이내 현일을 발견한 이건호가 쥐구멍이라도 찾은 듯 반겨왔다.

"기다리고 있었습니다. 작곡가님."

그의 말을 들은 좌중이 일제히 현일에게 고개를 돌렸다.

손님의 등장에 약간 소란스러웠던 분위기가 조용하게 가라앉았다.

가장자리의 매니저들은 서로 무언가 소곤거리기 시작했다.

"야, 야. 저 사람이 그 사람인가 봐."

"어? GCM 작곡가 아냐?"

"쯧쯧, 저 사람도 참 안 됐네."

"왜? 제법 실력 있다고 들었는데?"

"젊은 나이에 히트곡 몇 개 바짝 떠올라서 한창 주목받고 있었는데, 임 화백한테 쪼인트 까이고 개망신당하게 생겼잖아."

"하긴, 이 바닥이 어디 대중음악이랑 똑같은가? A급 작곡가도 쓸데없이 다른 분야에 손댔다가 밑천 다 탄로 나는 경우가 한둘이 아니었는데. 심지어 상대가 임준후 화백이니 말 다한 거지."

"그러게 말이다. 그냥 가만히 앉아서 10대 애들 코 묻은 돈이나 뜯어먹으면 될 걸 왜 나선대?"

"하긴, 음악감독 경력이라곤 고작 드라마 한 개? 그거 가지고 여기서 텃세부리면 그것도 웃긴 일이지."

'잘도 떠드는군.'

저들 딴엔 안 들릴 거라 생각하겠지만, 크나큰 오산이었다.

자신들보다 어린 현일이 큰 성공을 거두어 배가 아픈 모양이었다.

'신경 쓰지 말자.'

저런 사람들은 어딜 가나 있으니까.

현일은 임준후를 조심스럽게 살폈다.

그리고 이건호에게 고개를 돌렸다.

"문제가 많아 보이는데요."

"말도 아닙니다. 일단 자리에 앉으시죠. 임 화백께서도⋯⋯"

"크흠!"

이건호의 감독이라는 지위가 무색하게도 임준후는 헛기침을 하며 아주 당연한 듯이 가장 상석에 앉았다.

현일은 이건호가 안내한 자리에 앉으며 옆자리의 사람들에게 목례를 했다.

"안녕하세요."

"네, 반갑습니다. 골든 엠페러 재밌게 봤습니다."

"하하하, 감사합니다."

주위를 둘러보니 TV에서 봐왔던 익숙한 얼굴들이 많이 보였다.

바로 왼쪽만 해도 골든 엠페러에 출연했던 박재용이었고, 오른쪽 자리엔 검사 박정훈에 출연했던 배설연이 앉아 있었다.

대본 리딩실이라 그런지 바로 맞은편에 앉은 '기적을 그려라!'의 여주인공 장하나의 메이크업 덜 된 모습도 사뭇 새로웠는데 옆의 배설연에게선 화장품 냄새가 풀풀 풍겼다.

둘의 눈이 마주치자 서로의 눈이 커졌다.

"역시 당신이었군요. 새로 들어온 음악감독의 정체가."

"여기서 뵙게 될 줄은 몰랐네요. 알고 계셨습니까?"

현일은 전생에서 이 영화에 별로 관심도 없었고, 급하게 온지라 장소 외엔 어떤 연락도 받지 못했기에 출연자에 대해선 아무도 몰랐다.

'한데 여기서 또 만나다니……'

"뭐, 한 번쯤은 마주칠 거라 생각했다고만 말해둘게요."

"별로 제가 온 게 달갑지 않은 눈치이신 것 같은데요."

"아, 아니죠. 당신이 어디 있든 제가 무슨 상관이겠어요?"

배설연은 조소하며 말을 이었다.

"여기서 얼마나 버틸 수 있을지 기대되네요. 부디 절 실망시키지 마시길. 한계까지 버티다가 더 이상 참을 수 없으면 마음껏 도망가셔도 좋아요. 그때의 얼굴이 꼭 보고 싶으니까요."

"늙어 죽을 때까지 기다릴 작정이십니까?"

"하… 하하하……. 연기 실력은 좀 느셨나 몰라요?"

그녀와의 연기 배틀이 떠올랐다.

현일은 피식 웃으며 되물었다.

"악플러들은 잘 해결하셨습니까?"

일순간 그녀의 얼굴이 구겨지는 것을 현일은 놓치지 않았다.

"아, 하하하하… 그건 당신이 신경 쓸 문제는 아니랍니다."

예전과 같은 대답에 대충 결말을 예상할 수 있었다.

피식 웃으며 쿠키를 집으려 할 때였다.

왼쪽 자리, 윤정우가 말을 건네 왔다.

"구면이신가 봐요?"

"네. 검사 박정훈 촬영할 때 몇 번 만난 적이 있죠."

"아, 그럼 그 음악감독님이 바로……?"

"접니다."

"후… 한시름 놓았네요. 사실 이번 음악감독도 임 화백에게 엉덩이 차이고 쫓겨나면 어쩌나 조마조마했거든요. 촬영이 늦어질수록 우리도 곤란하고, 지금 투자자들이 엄청나게 압박을 가하고 있는 상황이에요."

"그렇게 말씀하시니 어깨가 무겁습니다."

"너무 부담을 드렸나요? 그래도 이해해 주세요. 우리도 그

만큼 절박하거든요. 당장 저희 대표님이 저를 배역에서 빼야
되나 심각하게 고민하고 계시거든요."

'과연.'

현일은 속으로 고개를 끄덕였다.

저런 속사정까지 구구절절 늘어놓은 걸 보면, 생각보다 훨
씬 심각하다는 것을 알 수 있었다.

현일은 문득 찌릿한 시선이 느껴졌다.

고개를 돌리니 아니나 다를까, 임준후가 자신을 한차례 노
려보더니 이건호를 보며 입을 열었다.

"설마 저 애송이가 내 영화의 음악을 맡을 사람은 아니겠
지?"

그의 눈에 비친 현일은 나이도 어리고, 예술의 예도 모르는
한낱 중생에 불과했다.

자신의 잔소리에 못 이겨 금세 지쳐 떠날, 여태까지 다른
작곡가들이 그래왔던 것처럼 똑같은 길을 걸을 뿐인 딱 그 정
도의 사람으로밖에 보이지 않았다.

배설연이 입을 가리고 실실 웃고 있는 것이, 임준후의 말이
고소한 모양이었다.

"그것이……."

이건호가 뭐라 말하려는 순간 현일이 그의 말을 잘랐다.

"저는 임준후 화백처럼 세계적으로 이름이 알려진 작곡가
도 아니고, 어쩌면 말씀대로 애송이일지도 모릅니다. 비록 임

시라고는 하나 기적을 그려라의 음악감독을 맡은 이상, 중간에 도망치지는 않을 겁니다."

"흠……."

"이 자리를 빌어서 미리 하나 당부드리겠습니다. 제 음악이 임 화백님의 입맛에 맞지 않을 수도 있을 겁니다. 하나 질문을 드려도 되겠습니까?"

"뭔가?"

"만약 임 화백께서는 자신은 이게 맞다고 생각하는데, 남들이 아니라고 할 때는 어떻게 하십니까?"

"흥! 그걸 질문이라고 하나? 역시 애송이로군. 진정한 예술가라면 응당 자신의 뜻을 밀어붙일 수 있어야 할 것 아닌가!"

그는 테이블을 쾅 내려치며 소리쳤다.

좌중이 움찔거렸지만, 현일은 아랑곳하지 않고 평온하게 말했다.

"역시 그렇게 해야겠지요? 그렇다면 저 또한 임 화백께서 아무리 제 음악이 마음에 들지 않으셔도, 저는 제가 맞다고 생각하는 음악을 해야겠습니다. 음악감독으로서."

"……!"

Chapter 2
기적을 그려라! II

그에 임준후는 현일을 매우 강렬하게 쏘아보더니

"흥."

이내 콧방귀를 뀌며 흥미를 잃었다는 듯이 고개를 돌렸다.

모두들 일제히 당황한 표정으로 현일을 보았다.

임준후에게 이토록 정면에서 맞서다가 큰 코 다친 사람이 한 둘이 아니기 때문이었다.

그렇기에 감독인 이건호조차 쩔쩔매는 것이고.

매니저들은 안 됐다며 재차 소곤거리기 시작했다.

"쯧쯧, 결국 제 무덤을 파는군."

"그러게 말이야. 역시 머리에 피도 안 말라서 사리 분간이 잘 안 되는 건가?"

"작곡가님."

"네."

이건호가 잠시 따로 보자며 손짓을 하자 둘은 복도로 나갔
다.

"무슨 일이십니까?"

그는 리딩실의 문을 조용히 닫고는 의아해하고 있는 현일
을 보며 말했다.

"작곡가님이 분명 실력이 있다는 건 알고 있습니다. 그래서
그쪽을 음악감독으로 섭외한 거고요. 비록 임시라고는 하지
만… 어쨌든 임준후 화백에게 밉보이시면 좋은 꼴 보긴 힘드
실 겁니다."

"대체 그 사람이 누구길래 이리 호들갑인지 모르겠네요. 영
화 촬영에 대한 전권을 가지신 감독님께서 어려워할 정도이시
니."

"임 화백은……."

이건호가 무언가 설명을 늘어놓으려던 것을 현일이 제지했
다.

"됐습니다. 궁금해서 물어본 게 아닙니다."

그림 총괄 디자이너라는 직책.

공교롭게도, 총괄이지만 그를 보조하는 사람은 없다고 한
다.

범인은 자신의 예술을 이해하지 못한다는 이유에서였다.

최소한 촬영에 관해서는 현장에서 감독보다 높은 직위가 없음에도 불구하고, 임준후의 말 한마디에 음악감독이 바뀐다.

그런 점에서 그가 어느 정도의 입지를 가지고 있는지 모를 리는 없었다.

분명 음악감독은 갈아치워도, 임준후를 대체하지는 못하는 모종의 이유가 있겠거니 짐작할 뿐이었으나, 그 이유를 알고 싶지도 않았다.

'임준후 화백은 절대로 남아 있어야 한다.'

아니, 이쯤 되니 오히려 오기가 생겼다.

이것은 그가 음악가에게 내민 도전장이었다.

현일은 기꺼이 받아들일 용의가 있었다.

"적당히… 임 화백의 비위에 거슬리지 않게만 잘 좀 맞춰주세요."

그는 말끝에 한숨을 내쉬며 고개를 저었다.

결국 그가 하고 싶은 말은 간단했다.

'임 화백의 심기를 거스르지 말아달라는 건가.'

이건호의 표정을 보니 실력 있는 작곡가라는 소문이 자자해 데려왔는데, 잘못 선택한 걸지도 모르겠다는 눈치였다.

'그냥 고분고분 잘 따라주면 좋을 텐데.'

물론 그도 잘 알고 있었다.

그게 어렵다는 것을.

이렇게 하라 해서 이렇게 했더니, 느낌이 안 산다.

저렇게 하라 해서 저렇게 했더니, 말과 다르지 않느냐고 따지는 게 어디 하루 이틀 일이 아니었다.

"제가 알아서 하겠습니다. 제가 음악감독인 이상, 음악에 대한 전권은 저에게 있는 거겠죠? 감독님은 어떻게 해야 최고의 장면이 나올 지에만 신경 쓰시면 됩니다. 서로의 일은 서로에게 믿고 맡깁시다. 최소한 BGM이 영화를 망쳤다는 소리는 안 나오게 해드릴 테니."

"…바라던 밥니다. 하지만 임 화백이 문제예요. 작업실에까지 찾아와서 사사건건 간섭을 해대니 PD들이 미치고 팔짝 뛰는 겁니다."

대충 대본 리딩실에 임준후가 있을 때부터 예상은 했지만 그 정도일 거라곤 생각도 못했다.

한데, 감독조차 찍소리도 못한다면, 정말 배급사에서 얼마나 큰맘 먹고 대작가를 데려왔는지를 짐작할 수 있는 대목이었다.

'뭐, 들리는 소문에 의하면 임 화백의 그림 하나가 웬만한 스타 배우 몸값에 비견될 정도라고 하니까.'

그런데도 그다지 재미를 못 봤던 영화였다.

자세한 사정은 몰라도, 자신이 있는 이상 그때처럼은 안 되게 하리라 다짐한 현일이었다.

"그림은 몇 개나 준비되어 있습니까?"

"만들어진 게 4점, 만들어야 할 게 10점인데 아무래도 줄여야 할 것 같습니다."

"왜죠?"

"그냥 영화 촬영에 쓸 건데 너무 진지하게 그리지 않아도 된다고 했더니 버럭 화를 내더군요. 그런 식으로 해서 어떻게 좋은 영화를 만들겠냐고……."

"자기 작품의 모작을 쓰는 것도 싫답니까? 그가 직접 그리면 개런티가 장난이 아닐 것 같은데요?"

이건호는 고개를 세차게 끄덕였다.

"예. 싫답니다. 물론 그림에 대한 로열티 문제로도 협상을 시도했죠."

"그런데요?"

"그조차도 안 받고 그려주겠다고 하니 더욱 곤란한 상황이죠."

"음… 상당히 열정적이네요."

"그래서 문제인 겁니다."

현일은 고개를 주억였다.

임준후가 그린 그림이라면 그 하나하나가 모두 거장의 작품으로 인정받을 것이다.

영화에 쓸 것이라고 대충 그리는 것도 아닌데, 그걸 한 푼도 받지 않고 영화에 쓰게 해주겠다니, 감독이 그를 어려워하는 것도 이해가 갔다.

"시나리오도 건드립니까?"

"그 정돈 애굡니다. 배우가 붓을 쥐는 자세부터 그림을 카메라에 담을 때 구도, 조명 등등… 하나하나 말하기가 입이 아플 지경입니다."

그의 눈이 가늘어졌다.

'과연 당신이 감당할 수 있겠느냐.'하는 눈치였다.

"일단 알겠습니다. 아무튼, 들어갑시다. 귀하신 몸들이 기다리고 있을 테니까요."

"예? 예……."

이건호는 더 할 말이 있었지만, 끼어들 여지도 없이 현일이 문을 열어 얼떨결에 고개를 끄덕였다.

다시금 리딩실에 들어서니, 아니나 다를까 작가는 임준후에게 대본을 빼앗겨 어쩔 줄 몰라 하고 있었으며, 매니저들은 저희들끼리 소곤거리고 있었다.

"그러고 보니 참 희한한 일이네. 보통 때 같았으면, 어따 대고 큰소리냐고 한 소리 했을 텐데."

"그러게? 설마 임 화백이……."

현일이 이건호를 보며 소리쳤다.

"그런데 매니저들이 여기에 왜 있는 겁니까? 얼른 내보내세요."

"예? 하, 하지만……."

매니저들은 갑자기 무슨 소리냐는 듯 현일을 보았다.

"동감이네. 영화엔 아무런 참여도 안 하는 것들이 여기엔 들여와서 뭘 하는지 모르겠군."

임준후가 한몫 거들자 이건호도 별 수 없었다.

매니저들은 각자의 의자를 들고 복도로 쫓겨났다.

'이제야 회의가 좀 제대로 돌아가겠군.'

마치 꽉 묶여 있던 넥타이를 풀어버린 것처럼 속이 다 후련했다.

사람이 줄었기 때문인지, 후덥지근했던 공기도 풀어진 것 같았다.

주위를 둘러보니 매니저들에게 가려졌던 몇몇 소품들이 눈에 들어왔다.

그중엔 미술품도 있었고.

현일이 입을 열었다.

"지금 그림 그리는 걸 보여주시죠."

좌중의 눈이 휘둥그레졌다.

특히 '결국 저질렀나!'라는 듯 이건호의 뜨악한 표정이 단연 일품이었다.

"그토록 자신의 그림에 대해 자부심이 넘치시는 것 같은데, 살짝 맛보기 정도는 이 자리에서 보여줘도 괜찮지 않겠습니까?"

"좋지."

이어지는 현일의 말에 임준후는 흔쾌히 긍정을 표했다.

커졌던 사람들의 눈이 이젠 튀어나올 정도로 커졌다.

그가 마주친 현일의 눈은 일전에 몇 번 보았던 어중이떠중이들의 죽은 동태눈과는 확연히 달랐다.

마치 세상 밑바닥에 있는 온갖 단물과 쓴물의 바다에서 사투를 벌여온, 진정한 프로의 중후한 빛이 현일의 눈에 담겨 있었다.

그는 흥미를 잃은 대본을 테이블에 뚝 떨구고 지체 없이 성큼 걸어가 붓에 물감을 적셨다.

그 모습을 보며 현일은 고개를 끄덕였다.

캔버스에 한두 줄씩 칠해지는 색채는 역시 미술의 대가라는 것을 증명이라도 하듯, 그의 손놀림엔 오묘한 이치가 담겨 있었다.

좌중은 임준후의 그림을 숨죽이며 지켜보았다.

그의 눈빛은 종이를 불태울 것처럼 강렬했지만, 캔버스 위를 노니는 물감은 한없이 아름다움을 담고 있었다.

붓을 쥔 손은 돌이라도 으깨버릴 듯 굳건했지만, 붓의 움직임은 깃털처럼 부드러웠다.

동시에 현일의 머릿속에도 한가득 영감이 차오르기 시작했다.

'과연… 이 정도면 대가라 불릴 만하지.'

모두가 입도 뻥긋하지 않고 있기를 한 시간쯤 지났을 때였다.

임준후가 어떠냐는 듯 눈을 치켜뜨고 현일을 보며 말했다.

"자, 그럼 자네가 나에게 보여줄 차례라네."

*   *   *

미라클 필름에서 제공한 작업실.

생각보다 더욱 시설이 열악한 것은 둘째로 쳤다.

현일은 그곳에 들어서자마자 코를 자극하는 퀘퀘한 냄새에 눈살을 찌푸렸다.

"당신이 새로 들어왔다는 그 음악감독 양반이요?"

앉아 있던 세 명의 인원 중 웬 수염을 덥수룩하게 기른 후덕한 인상의 남자가 문지방을 가리키며 말을 이었다.

"최소 일주일이라도 못 버틸 거면 그 선 넘을 생각도 하지마쇼."

그 말을 듣자마자 현일은 일말의 망설임 없이 발걸음을 내디뎠다.

일순 조소를 짓던 남자는, 이내 현일을 뒤따라 들어오는 또 하나의 인영을 보며 눈살을 찌푸렸다.

"나 참… 내가 먼저 때려치우든가 해야지 원……."

"그냥 구경이나 하러 온 것이니 편할 대로 하게."

"임 화백의 존재만으로도 숨이 막힙니다."

"크흠!"

이미 한두 번 있는 일이 아닌 듯 투덜거리던 남자는 별안간 현일에게 다가와 손을 내밀었다.

"서종원이요. 여기선 음악 프로듀서를 맡고 있지."

자신을 밝힌 사내는 나머지 둘을 가리켰다.

그러자 그들도 자리에서 일어나 목례를 하며 차례대로 이름을 말했다.

"김윤수예요."

"강철진입니다."

셋의 책상에는 패스트푸드의 흔적이 가득하고, 눈 밑에는 다크서클이 폭포마냥 자글자글했다.

"생긴 게 꼭 좀비 같아도 익숙해져야 할 걸요. 음악감독님도 금세 이렇게 될 테니까."

"그렇게 되기 전에 빨리 끝냅시다."

"하하하! 그렇게만 된다면 내 평생소원이 없겠구먼!"

"하여튼, 인원은 이게 답니까?"

"예. 요 두 명은 내가 알아서 지휘할 테니 크게 신경 쓸 필요는 없을 거고, 무슨 음악을 선정할지 어떻게 작곡할지는 전적으로 저랑 상의하시면 돼요."

그는 서랍을 열어 종이를 몇 장 꺼냈다.

"이건 여러 회사에서 들어온 요청을 정리해 놓은 차트요. 이제와선 별로 의미도 없지만."

현일은 차트에 빽빽이 그어져 있는 붉은 줄을 짚으며 물었다.

"이것들은 뭡니까?"

"뭐긴 뭐야, 회사에서 취소한 의뢰들이죠."

"아."

현일은 고개를 끄덕였다.

별 의미도 없다는 게 이런 뜻이었던 것 같다.

분쇄기에 다가가 미련 없이 차트를 집어넣었다.

"뭐하는 겁니까?"

"어차피 남의 곡을 가져다 쓸 생각은 없었습니다. '기적을 그려라'에 삽입될 OST는 하나부터 열까지 우리가 만들 거니까요."

"뭐라고요? 하하하하! 이봐요. 나름 드라마 음악감독도 해 봤다고 우쭐한 모양인데, 울면서 뛰쳐나갔던 전대 음악감독들도 다 어디서 한자리씩 하던 양반들이요. 안 그래도 시간은 촉박한 판국에 저 고지식한 나으리까지 구워삶으시겠다고?"

서종원은 조소하며 임준후 쪽으로 고개를 돌렸다.

그러자 입가의 웃음이 싹 지워졌다.

평소 꿋꿋이 무표정을 유지하던 그가 연신 고개를 끄덕이고 있었으니까.

마치 현일의 말이 백번 옳다는 듯이.

"암, 응당 예술가라면 자신의 작품을 전시해야 하거늘, 어디 남의 작품을 제 것인 양 갖다 쓸 수 있단 말인가? 앞으로 다른 기획사의 OST 의뢰는 일절 받지 말게."

그러자 서종원을 비롯한 둘이 절망적인 표정을 지었다.

그래도 분위기에 맞는 명곡이라도 몇 개 집어넣으면 일이 조금은 수월해질 텐데, 저 음악감독은 사서 고생을 하자고 말하는 꼴이었다.

그랬다간 저기 고지식한 터줏대감 때문에 조만간 짐 싸야 될 판이었다.

"허… 음악감독께서는 정말로 저 양반이 만족할 만한 음악을 찍어낼 수 있다고 생각하는 거요?"

"어차피 우리가 직접 작곡하지 않으면 절대로 그냥 넘어갈 것 같진 않은데요."

"……."

서종원은 침묵으로서 긍정을 표했다.

어차피 임준후가 그렇게 하라고 말을 하면, 그렇게 해야만 했다.

여태까지 '기적을 그려라!'의 회의는 그렇게 돌아갔다.

한동안 머뭇거리고 있으니, 임준후가 헛기침을 했다.

그 의미를 모를 리 없는 현일은 말없이 자리에 앉아 MIDI를 작동시켰다.

키보드의 건반을 눌러본 현일의 눈썹이 꿈틀거렸다.

'…고장 났나?'

긴반을 눌러도 스피커에서 소리가 나오지 않았다.

다시 확인하기 위해 다른 건반을 누르려 할 때였다.

띵!

'……'

소리가 났다.

하지만 큰 문제가 있었다.

건반을 누르고 4초 후에야 소리가 출력된다는 것이었다.

"서종원 프로듀서님!"

"편하게 서 PD라고 불러요. 왜요?"

"레이턴시가 너무 긴데요? 왜 이럽니까?"

그러자 서종원은 한숨을 쉬며 다가와 건반을 연속적으로 눌러보았다.

역시나 4초 후에 들리는 도레미파솔라시도.

그는 뒷머리를 긁적이며 말했다.

"어… ASIO4ALL드라이버 쓰세요."

"그걸 지금 말이라고 하십니까? 오디오 인터페이스는 어디 갔습니까?"

오디오 인터페이스는 컴퓨터로 입력되는 MIDI의 신호를 변환하는 장치다.

없어도 작곡이 불가능한 건 아니지만, MIDI 신호를 입력했을 때와 스피커로 소리가 나올 때의 지연 시간이 길어진다.

그렇게 되면 작곡에 난항을 겪을 수밖에 없는 것은 당연지사였다.

"……고장 났습니다."

현일은 황당함을 금할 수 없었다.

"아니, 고장이 났으면 보충을 해야죠!"

"물론 사려고 했습니다. 그런데 발주를 넣어도 돈을 안 주니까 문제죠."

"왜죠?"

그는 임준후를 힐끗 보더니 크게 한숨을 쉬며 입을 열었다.

"모종의 이유로 인해 일어난 촬영 중단 사태 때문에 현재 모든 자본이 묶여 있습니다. 촬영을 안 해도 배우들 몸값은 줘야 하니까요. 돈이 얼마나 쓸데없이 지출될지를 모르기에 당장 급한 것이 아니면 위에서 승인을 안 해줍니다."

현일은 그제야 사태의 심각성이 와 닿았다.

처음 조한용의 제안을 들었을 땐 그저 그런가보다 했는데 막상 당연히 있어야 할 것을 사지 못하는 작금의 현실이 당황스러웠다.

"음향팀에서 대여는 안 됩니까?"

"저번 주까지가 마지막이라더군요. 뭐, 당시 음악감독이 도망간 탓에 빌려서 썩혀놓기밖엔 안 했지만……."

총체적 난국이었다.

여유만 있다면야 당장 GCM 엔터테인먼트로 달려가 하나 가져올 수도 있었지만, 지금 임준후가 있는 이상 그것도 힘들었다.

어느새 가까이 다가온 그가 어서 결과물을 보여 달라고 눈빛으로 말하고 있었으니까.

"그냥 ASIO 받아서 쓰시는 게 낫습니다. 4초를 2초 정도로 줄일 수는 있을 테니까요. 아마도."

"됐습니다. 그냥 DAW로만 하겠습니다."

"예. 그럼 일단 최대한 빨리 오디… 예……?"

"필요 없다고요. MIDI없이 할 거니까."

"아니, 그게 말이 됩니까? 컴퓨터 달랑 하나 가지고 OST를 만들겠다고요?"

"'잔인한 형제'도 하는데 저라고 못할 건 뭡니까."

"그거야 아마추어 시절이고, 실제로 그 노래들도 지금에 비하면 상당히 수준이 낮았어요!"

'그리고 당신이 잔인한 형제는 아니잖아요.'

목까지 차오른 말을 삼켰다.

분명히 현일은 실력을 인정받고 섭외된 사람이었으니까.

손을 내밀었다.

"그럼 오디오 인터페이스를 가져 오세요."

"하지만 어디서요?"

"구할 수 없으면 주어진 환경에서 최선을 다해야죠."

"음!"

가만히 듣고 있던 임준후가 고개를 세차게 끄덕였다.

＊　　　＊　　　＊

"정말 자신 있는 거죠?"

"네."

서종원은 의심 가득한 표정으로 이건호에게 받은 필름을 재생했다.

주인공이 사색에 잠겨 있다가 그림 하나를 그리는 장면.

현일은 10분 남짓한 시간동안 그 장면을 몇 번 돌려보고는 작곡을 시작했다.

30분이 지났을 쯤.

"허어……."

서종원은 아무런 장비도 없이 오로지 컴퓨터 키보드와 마우스만으로 이루어지는 멜로디를 보며 저도 모르게 감탄사를 내뱉었다.

이 장면의 OST는 1분밖에 안 되는 짧은 곡이었지만, 분명 이전의 여느 음악감독의 노래들과 견주어도 손색이 없었다.

그렇기에 의심스러웠다.

"이건 만들어온 겁니까?"

"방금 만드는 거 보셨잖아요."

"노래란 게 척 보면 척, 나오라면 짠하고 나오는 게 아니잖습니까?"

"씬을 볼 수가 없는데 어떻게 만들어 옵니까?"

"으음……."

현일의 말이 맞았다.

한 번 들어보면 알 수 있었다.

이건 씬을 봐야만 만들 수 있는 곡이었다.

"곡이 처음부터 끝까지 일관성을 잘 유지하고 있네. 특히 35초에서 42초 구간까지 주인공의 손놀림을 표현한 피아노 파트가 인상적이야. 이 노래는 쓰도록 하지."

임준후가 나긋한 목소리로 품평했다.

서종원의 눈이 휘둥그레졌다.

그는 나름대로 냉정함을 유지하고 품평했으나, 속으로는 훨씬 더 놀라고 있었다.

현일의 작곡엔 아무런 막힘이 없었다.

한 번 찍은 음표는 결코 뒤돌아보는 일이 없었으며 다음엔 어떻게 해야 할까에 대한 일말의 고민조차 없었다.

그러면서도 수준급의 음악이 나왔다.

전대 음악감독의 곡 중에서도 괜찮은 것들이 많았다.

그러나 모두 수십 번을 갈아엎은 끝에 만들어진 하나만이 임준후의 마음에 들었을 뿐이었다.

그 과정에서 없어진 노래만 생각하면 서종원은 속이 쓰렸다.

'말도 안 돼… 임 화백의 오케이를 한 번에 받았다고?'

그는 사실 이 영화가 실패할 프로젝트라고 여겼다.

최소한 음악 부문에서는 말이다.

하지만 이 젊은 작곡가를 보니 한줌의 희망이 생긴 것 같았다.

'이 노래가 행운이 아니었다면 말이지.'

＊　　　　＊　　　　＊

GCM 엔터테인먼트.

"음악감독 일은 어때? 듣기론 임 화백 인심이 그렇게 야박하다던데."

"인심이 야박한 건 아니고, 자기 신념이 확고한 거죠."

"좋게 말하면 그렇다 이거군."

"뭐, 그렇죠. 그래도 다행히 OST 세 개는 패스했네요. 우리 가수들 노래는 어때요? 진행은 잘 되고 있어요?"

최근의 일로 잠시 GCM 가수들의 노래에서 손을 뗐기에 지금 그들의 노래는 팀 3D가 대부분 전담하고 있었다.

"잘 되고 있었는데, 오늘은 공쳤다."

그렇게 말하는 김성재의 입가엔 슬쩍 미소가 돋아났다.

저럴 때면 언제나 훌륭한 곡이 나오곤 했다.

"그나저나 회사에 오디오 인터페이스 남는 거 있어요?"

"안 쓰는 거?"

"네."

"있긴 있지. 그건 왜?"

의아해하는 김성재에게 현일이 자초지종을 늘어놓았다.

"그런 거라면……. 근데 네 거는 어쩌고?"

"제 건 이것저것 연결해 놓은 게 많아서요. 뺏다가 꼽았다 가 하면 손이 많이 가잖아요. 이왕 남는 게 있으면 그걸 쓰면 되니까요."

김성재는 고개를 끄덕이며 손짓했다.

"따라와."

그를 따라 팀 3D의 작업실로 들어서니, 애꿎은 컴퓨터에 신 경질을 부리고 있는 안시혁이 눈에 들어왔다.

"하… 이 자식 이거 안 되겠네."

"왜 그래요?"

대답은 구석에서 캐비넷을 뒤적이는 김성재에게서 나왔다.

"보나마나 또 그거겠지. BCMC인가 뭔가 하는."

"아, 그거요?"

현일이 아는 체를 하자, 안시혁이 흥미를 가득담은 눈빛을 보냈다.

"알아?"

"들어봤죠. 버클리 음대에서 만든 뮤지션들의 커뮤니티잖아 요. 근데 시혁이 형은 버클리 음대 안 다녔지 않아요?"

"정확히는 원래 버클리 음대생들이 과제나 작곡에 대한 정 보를 공유하기 위해 만든 사이트인데, 사이트가 커져서 세계 여러 뮤지션들의 종합 커뮤니티로 바뀐 거야. 꼭 버클리 음대생이 아니더라도 누구나 가입할 수 있어."

버클리 음대는 세계 최대이자 최고의 음악 대학이었다.

그런 만큼 세계 각지 유수의 뮤지션들이 모이게 되다 보니 자연스레 그렇게 변하는 것도 어찌 보면 당연한 일이었다.

그만큼 다양한 분야와 다양한 장르의 실력 있고 유명한 뮤지션들이 많았다.

…는 것이 안시혁의 추가적인 설명이었다.

현일은 그 존재만 알고 있었지, 별로 관심은 없었는데 실제로 거기서 활동하는 사람을 보니 내심 흥미가 동했다.

"한국인도 많아요?"

"아니, 많진 않아. 정회원이 되는 조건이 까다롭거든. 지망생이든 현업 뮤지션이든, 현재 음악에 관련된 활동을 하고 있어야 되고 꾸준히 유령 회원이 되는 순간 준회원으로 내려가니까."

"정회원이 되면 뭐가 좋은데요?"

"꾸준히 활동하면서 레벨 쌓고 랭킹이나 올리는 거지 뭐."

"랭킹이요? 고작 그게 끝?"

"아니, 상위권에 랭크되면 버클리 음대나 여러 음악으로 유명한 심포지엄 같은 곳에서 주관하는 행사나 경연에 초청받기도 해."

"그럼 최상위권이 되면요?"

"그 경연의 주인공이 되는 거지. 뿐만 아니라 랭킹이 높으면 여러 곳에서 작곡 의뢰를 받는 일도 있다고 하더라. 그래서 요즘 착실히 올리고 있어. 레벨 업이 별로 어렵진 않거든. 그냥 사람들 질문에 답변 달아주고 게시물 올리고 하다 보면 쭉쭉 올라."

"그렇군요."

"그래도 난 어디 제안 같은 건 받아본 적 없지만……."

안시혁은 입맛을 다시며 몸을 돌렸다.

"자."

김성재가 제법 쓸 만한 장비를 건네주었다.

받아들고 자신의 작업실로 자리를 옮긴 현일은 안시혁의 말을 곱씹었다.

'너라면 가능할지도 모르겠다.'

문을 닫을 때 얼핏 들렸던 말이었다.

'심심한데 한번 들어가 볼까?'

가끔은 쉬기도 할 겸, 호기심을 해결할 시간 정도는 충분히 낼 수 있었다.

현일은 안시혁이 가르쳐 준 링크를 주소창에 입력했다.

미국 사이트였지만 창이 뜨는데 오래 걸리지는 않았다.

하나부터 열까지 모두 영어였으나, 현일은 영어의 장벽 따위는 허물어 버린 지 오래였다.

게시판을 둘러보려는데 이내 You don't have an authority

to access(접근 권한이 없습니다)라는 메시지가 떴다.

'회원 가입을 하라는 건가.'

간단한 가입 절차를 마치자, 회원이 된 것을 환영한다는 메시지와 함께 새하얀 'N'자 엠블럼이 주어졌다.

뉴비(Newbie)라는 뜻이리라.

현일은 피식 웃었다.

'슈퍼 뉴비의 출현이다. 자식들아.'

시간 많은 프리랜서라면 뻘글을 올려 레벨을 올리는 것도 가능했지만, 그보다 중요한 것은 유저들의 답변 채택률과 평점이었다.

때문에 이론적으론 단 하나의 노래만 작곡해서 랭킹 1위가 되는 것도 가능했다.

현일은 바쁜 탓에 종합 1위까진 아니더라도, 마음만 먹으면 국내 1위가 되는 것쯤은 가능할지도 모르겠다는 생각이 들었다.

다음은 랭킹을 조회했다.

국가별로 랭킹을 볼 수 있었다.

'어디 보자. 한국 랭킹이……'

총 회원 수는 30만 명 정도였고, 그중 한국인은 약 5천 명이었다.

'시혁이 형은 한국에서 최상위권이네. 종합 랭킹은 3,148위고.'

한국에서 랭킹이 높아질수록, 종합 랭킹의 격차는 커졌다.

'종합 랭킹 24위, 한국 랭킹 1위의 영광을 차지한 사람의 아이디는……'

아이디를 본 현일의 미간이 좁혀졌다.

SH—Seongho.

'이성호 사장이잖아?'

*　　　*　　,　*

"알렉스, 어때? 진전은 있어?"

영미권에서 최고의 인기를 구가하고 있는 영국 출신 4인조 락 밴드.

'Reality Dragons'의 보컬인 벤 맥티비시가 동료 멤버인 알렉스 베네딕트에게 물었다.

그러나 그는 고개를 저으며 한숨을 내쉬었다.

"아니, 막혔다. 이번이 몇 번째인지 모르겠어. 도무지 구상이 안 나오네."

"부담감 때문에 그런 거야. 작년처럼 큰 상까진 안 바라니까 망하지만 않게 해달라고. 하하하."

벤은 알렉스의 어깨를 토닥였다.

2012년 그래미 어워드 최우수 락 퍼포먼스 상과 올해의 앨범상의 후보에 오름과 동시에 400만장의 앨범 판매고를 달성

할 수 있었던 것은 전적으로 알렉스의 공이 컸다.

팀의 기타리스트인 그가 기타로 멜로디를 작곡해 오면, 멤버들과 협의를 거쳐 각자의 파트를 만들고 있기에 노래가 흥하느냐 망하느냐는 그의 손에 달린 것이나 다름이 없었으니까.

물론 그만큼 부담감 또한 막중한 것도 사실이었다.

"이봐. 그런 식으로 말을 하면 오히려 어깨가 더 무거워진다고."

"그래야 더 좋은 곡이 나오는 거 아니겠어? 하하하!"

"……"

알렉스는 말없이 고개를 저으며 다시 기타에 집중했다.

그와 말을 섞어봐야 별로 도움 될 게 없다는 건 이미 몇 년간 동고동락하며 깨달은 사실이었다.

그러나 10분이 지나도록 알렉스는 기타 줄에 손을 대지 못했다.

그 모습을 본 벤이 진지한 표정으로 말했다.

"그러지 말고 가끔은 도움을 요청해 보는 것도 좋을 텐데."

"누구한테? 그 녀석?"

알렉스가 인상을 찌푸렸다.

밴드 '카마인(Carmine)'의 창설자이자, 기타리스트.

로렌스 카마인은 알렉스의 라이벌이었다.

또한, 인정하기 싫지만 자신과 또래인 기타리스트 중에서 알렉스가 동경하는 경지에 가장 가까운 사람이었다.

벤이 피식 웃었다.

"아직도 걔 의식하고 있는 거야?"

"신경 꺼."

"하여튼 그놈을 말한 건 아냐."

"그럼?"

"글쎄."

"기대한 내가 바보지."

"BCMC는 어때?"

무심결에 알렉스는 다시 벤을 바라보았다.

오랜만에 듣는 이름이었다.

"오랫동안 활동 안 했는데, 탈퇴당하지 않았을까?"

그러자 벤은 코웃음을 쳤다.

"탈퇴시킨다고? 천하의 알렉스 베네딕트를?"

"비행기 안 태워줘도 된다. 내가 무슨 레전드 기타리스트도 아니고… 그리고 운영자들은 내가 누군지 꿈에도 모를 텐데."

BCMC는 공개 커뮤니티로 바뀐 이후로, 사생활을 중요시하는 미국의 사이트답게 철저히 익명을 보장하는 사이트였다.

그렇기에 운영자들도 회원의 정체를 알지는 못한다.

"그래도 설마 랭커를 그리 쉽게 내치겠어? 그냥 아무것도 못 하고 있는 것보단 나을 것 같아서 해본 말이야. 또 알아? 어쩌면 BCMC에 에릭 클랩튼이 있을 지도."

"올해 들어본 최고의 농담이었어. 벤."

"혹시 모르잖아? 그의 제자라도 있을지."

"만약에 그런 사람이 거기에 있었으면 어디선가 진즉에 발굴해 전 세계를 휩쓸고 있었겠지."

"흐흐흐."

"빨리 네 할 일이나 하러 가. 너 때문에 집중이 안 되니까."

"그래, 그래. 열심히 해라."

이윽고 작업실엔 그 혼자만이 남았다.

아무리 시간이 흘러도 오선지에 음표 하나 그리지 못해 자괴감에 빠질 찰나, 알렉스는 컴퓨터에 앉았다.

그래도 밑져야 본전이다.

에릭 클랩튼이 있을 리가 없지만, 그래도 다른 사람의 노래를 들으며 감평을 하다 보면 뭔가 떠오를지도 모르는 법이니까.

오랜만에 자신의 아이디를 보자 피식 헛웃음이 나왔다.

어릴 때부터 되고 싶었던, 알렉스가 직접 지은 자신의 닉네임이자 꿈.

그 꿈으로 가는 길은 요원하기만 했다.

아니, 볼 수조차 없었다.

그는 이내 고개를 저어 상념을 털어냈다.

'흐음……'

정회원의 자격은 남아 있었지만, 랭킹이 상당히 떨어져 있었다.

몇 번 마우스를 클릭하던 알렉스는 고개를 끄덕였다.

'이게 낫겠네.'

그는 예전에 만들었던 몇 개의 노래 중에서 그나마 괜찮다고 생각되는 걸 하나 뽑아 글을 올렸다.

어차피 폐기될 예정인 데모 곡이었기에, 이곳에 올린다고 해도 문제될 건 없었다.

'내가 뭘 기대하고 있는 건지 모르겠군……'

그렇게 생각하며 문득 고개를 돌렸다.

벽에 걸어놓은 자신의 기타 컬렉션.

그와 함께 세계 각지를 돌아다녔던 추억이 담긴 애장품이었다.

그것들을 보며 피식 미소를 지었다.

그는 글을 수정했다.

*　　　　*　　　　*

GCM 작업실.

현일은 그의 활동 목록을 조회해 보았다.

그러자 이성호가 올려놓은 게시물이 주르륵 펼쳐졌다.

'비공개로 해놨을 줄 알았는데.'

그의 게시물은 거의 다 답변이었다.

그리고 한 가지 공통점이 있었다.

질문자가 자신이 작곡한 음원을 올리고 의견을 구하는 글이라는 거였다.

'설마.'

몇 개의 음악을 들어보니 왜인지 멜로디가 귀에 익었다.

'이건 성아영의 너를 볼 때마다인 것 같은데?'

이제는 나오지도, 나올 수도 없는 노래겠지만 현일이 기억하고 있는 그녀의 노래와 무척이나 흡사했다.

그 외에도 더 찾아봤다.

'그럼 그렇지······.'

물론 히트곡만 있는 건 아니었기에 모두 자세히 기억할 수는 없었지만, 열에 두셋 정도가 적게는 한 음절에서 많게는 전체까지 분명 어디선가 들어본 노래들이었다.

프로 작곡가인 이성호가 아마추어 작곡가들의 아이디어를 마음대로 가져다 쓰고 있는 것이다.

이곳에 올라오는 음원은 모두 원작자가 아닌 이상 상업적 이용이 불가능한 것이 규칙이었으니까.

아니, 이성호 사장은 프로도 아니었다.

그저 그런 척하고 있을 뿐.

'여기서 그걸 고발해도 그냥 조용히 묻히겠지.'

대충 어느 게시판을 둘러봐도 'N'자 엠블럼이 새겨진 아이디는 조회수도 낮은 데다 댓글도 잘 안 달아주는 것 같았다.

'일단 레벨을 올려야 뭐라도 할 수 있겠네.'

현업 뮤지션이든, 지망생이든 어드밴티지 하나 없이 공평한 세계였다.

가능한 한 빠른 시간 내에 랭커가 되리라고 마음먹었다.

'랭커가 올린 질문에 답변을 달아줘야 레벨이 빨리 오를 것 같은데.'

현일의 생각은 정답이었다.

랭커가 뉴비의 답을 채택하면, 저 레벨이 레이드 보스 몬스터를 잡는 거나 마찬가지인 맥락이었다.

물론 그런 일은 보통 랭커의 세컨드 아이디인 경우가 대부분이지만 말이다.

새로 고침을 클릭하자 마침 적당한 글이 하나 새로 올라왔다.

제목: 이걸 어떻게 편곡해야 좋을까요?

—여기에 글을 올리는 건 상당히 오랜만이네요. 아무튼 서론은 넘어갈게요.

몇 달 전에 만들었던 곡입니다. 제 나름대로 심혈을 기울여 작곡했는데, 기타가 영 밋밋한 것 같아요. 제 친구 녀석이 여기에 에릭 클랩튼이 있다고 하길래 한 수 가르침을 받아볼까 합니다.

제가 요구하는 기타 튜닝은 압축 파일에 함께 들어 있습니다. 그러나 꼭 기타 파트가 아니어도 괜찮습니다. 드럼, 베이스, 기타에 일가견이 있으신

분들의 많은 피드백을 바랍니다! :D

　P.S. 만족할 만한 도움을 주시는 분께는 조그마한 선물을 드리겠습니다. :)

　아이디 'The Gold Finger'의 글이었다.

　'됐다, 이 녀석아.'

　무슨 선물일지는 몰라도, 아마 물건보다 국제 택배 배송비가 더 들 것 같았다.

　물론 그것도 답변이 채택된 이후의 이야기겠지만.

　'근데 기타는 내 전문 분야가 아닌데……'

　나머지 두 개도 마찬가지였다.

　현일은 입맛을 다셨다.

　신시사이저야말로 지상 최고의 악기라 믿고 있었다.

　백동일 때처럼 편곡이라면 모를까, 솔직히 일렉 기타엔 자신이 없었다.

　전생에서도 SH에 있었을 때, 기타로 작곡한 노래는 '이런 노래는 시장에서 안 먹혀.'라며 언제나 반려되었고, 히트 친 음악은 모두 신시사이저에서 비롯되었다.

　'쯧, 어쩔 수 없지.'

　기타로 해달라는데 어쩌겠는가.

　'빌려야겠다.'

　현일의 작업실엔 기타가 없었기에 안시혁을 찾아갔다.

　"형, 기타 좀 빌려주세요."

"응? 네가 무슨 일로 기타를 치려고? 내일은 해가 서쪽에서 뜨겠다야."

"그냥 잠시 쓸 데가 있어서 그래요. 오래 쓸 거 아니니까 잠깐만 빌려주시면 돼요."

"사람이 갑자기 안 하던 짓을 하면 죽을 때가 된 거라는데, 아니면 조만간 회사가 망하려나?"

"소름 돋는 농담은 하지 마시고."

현일이 기타를 빌려달라는 것에 대한 반응이 이 정도였다.

그도 그럴 것이, 팀 3D는 GCM으로 온 이래로 현일이 기타를 치는 모습을 단 한 번도 보지 못했으니까.

보여 달라고 해도 귀찮다며 보여주지 않았다.

안시혁은 기회다 싶어 입을 열었다.

"대신 조건이 있다. 기타 치는 거 보여줘."

"그 정도야 뭐."

"……?"

그는 고개를 갸웃거렸다.

기타 플레잉을 안 보여주는 건, 무언가 필시 사연이 있기 때문이라고 여겼는데 이리 쉽게 승낙할 줄은 몰랐던 탓이었다.

기타 케이스의 지퍼를 내리자 드러나는 우아한 자태.

안시혁은 그의 애장품인 깁슨 레스폴 커스텀을 자신 있게 내보이며 미소 지었다.

검은색 바탕에 하얀색 그러데이션이 깁슨에 신비로움을 더하고 있었다.

"내 애인이니까 소중히 다뤄줘야 돼."

"480만 원짜리 애인이로군요."

"이거의 값어치는 돈으로 환산할 수 있는 게 아니야!"

"애인한테 '이거'라니 말씀이 심하신 거 아니에요, 시혁이 형? 아니, 그 이전에 애인을 남한테 빌려주는 것부터 글렀어요, 형은."

"어? 빌리기 싫다 이거지?"

"제가 기타 치는 거 보고 싶다면서요?"

"…너한텐 못 당하겠다. 정말."

"후후. 방금 전의 복수."

그러나 고개를 젓는 안시혁의 눈은 또렷하게 빛나고 있었다.

팀 3D는 현일이 적어도 한국에서만큼은, 그리고 대중음악에서만큼은 최고의 작곡가이리라고 믿어 의심치 않았다.

물론 그게 기타 실력과 무슨 상관이 있겠느냐고 묻는다면 할 말은 없지만, 그래도 기대감이 드는 것은 어쩔 수 없었다.

더군다나 여태껏 숨겨왔던 실력을 보여주려고 하는 거니까.

잠시 후, 자신의 작업실로 돌아간 현일은 의자에 앉아 무심코 1번 줄을 튕겼다.

'그것도 음악이냐!'

그러자 버럭 소리를 지르던 이성호의 음성이 여기까지 들려오는 것만 같았다.

순간 '관둘까?' 생각이 들었지만, 현일은 문득 궁금해졌다.

어느 날 갑자기 돌아오게 된 과거.

그리고 그와 동시에 얻게 된 희한한 그래프가 보이는 이능력.

그 능력을 쓸 때의 자신과, 쓰지 않을 때의 본인의 역량 차를 가늠하고 싶었다.

현일은 2분 남짓한 곡을 여러 번 반복해서 들어봤다.

The Gold Finger가 지시한 대로 튜닝을 맞추고 기타를 굳게 잡았다.

그래프를 보지 않기 위해 눈을 감았다.

그저 의지만으로도 안 보이게 할 수 있지만, 지금은 왠지 그러고 싶었다.

이제 기타를 칠 때였다.

안시혁이 꿀꺽 침을 삼켰다.

우우웅!

현일의 바지 주머니 속에서 전화기의 진동이 울렸다.

"아, 뭐야? 그냥 무시해."

안시혁이 어린아이처럼 투정을 부렸지만, 이건호 감독에게서 온 전화였기에 안 받을 수는 없었다.

"음… 잠깐만요."

밖으로 나가 전화를 받았다.

"네, 무슨 일이시죠?"

―음악감독님. 대체 무슨 짓을 한 겁니까?

"예……?"

―지금 임 화백이 작가 사무실을 뒤집어엎고 있단 말입니다!

현일은 미간을 좁혔다.

아무런 짓도 하지 않았다.

그저 작업실에서 곡을 만들고, 임준후에게 감평을 받았을 뿐이었다.

"자세히 말씀해 주십쇼."

―저도 정확히는 모릅니다. 오 작가한테 전화가 와서는 갑자기 임 화백이 들이닥쳐서 원고를 마음대로 삭제하고 난리랍니다!

"근데 그게 어째서 제 귀에 들어오는 거죠?"

임준후와 작가진의 갈등은 그들이 해결해야 할 문제이지, 음악감독인 현일에게 뭘 어쩌란 말인가.

―더 이상 음악감독은 필요 없다고 하니까 그렇죠!

"……예?"

올해 들어본 최악의 농담이었다.

*　　　*　　　*

기적을 그려라! 작가 사무실.

현일이 갔을 땐 분위기가 어느 정도 식어 있었다.

임준후는 마치 아무 일도 없었다는 듯 무표정했다.

그에 반해 작가 팀 인원들은 금방이라도 죽을 것만 같은 상을 짓고 있었다.

주위의 작가 한 명을 붙잡고 무슨 일인지 물어보니 오 작가가 화장실을 간 사이에 임준후가 극본이 마음에 안 든다는 이유로 1원고를 삭제해 버렸다고 한다.

2시간짜리 영화인데, 약 30분가량의 시나리오가 그대로 날아가 버렸다.

1/4에 해당하는 분량을 아무렇지도 않게 삭제하는 임준후나, 그걸 참고 있는 작가들이나 여러 가지 의미로 참 대단한 사람들이라는 생각이 들었다.

현일이 임준후를 불렀다.

"임 화백님?"

"자네가 여긴 무슨 일인가?"

"음악감독이 필요 없다고 하셨는데, 그게 무슨 뜻입니까?"

"무슨 뚱딴지같은 소리를 하는지 모르겠군. 예술 영화에 음악감독이 없어서야 되겠나?"

현일은 자신이 들은 대로 이야기해 주었다.

"그럼 말이 전달되면서 와전된 거겠지. 난 음악감독은 더 이상 모니터링을 할 필요가 없겠다는 뜻으로 말했을 뿐이야. 분명 오 작가가 괜히 심통이 나서 그런 식으로 얘기한 것일 테지."

"…일단 알겠습니다."

현일은 이에 대해 더 이상 언급하지 않기로 했다.

오해가 풀렸는데 굳이 긁어 부스럼을 만들 필요는 없으니까.

주위를 둘러보고는 임준후에게 의문을 표했다.

"그런데 오 작가님이 안 보이시네요?"

"울면서 뛰쳐나가더군."

"……."

일단 기다리기로 했다.

그러나 아무리 기다려도 오 작가는 돌아오지 않았다.

대신 다른 사람이 왔다.

이건호 감독이었다.

현일이 뭐라 반응을 하기도 전에 그가 먼저 말을 꺼냈다.

"오는 길에 오 작가 만났습니다."

"뭐라고 하덥니까?"

"그만두겠다네요."

"…그래서 그냥 보내줬습니까?"

"별수 있나요? 본인이 안 하겠다는데."

그렇게 말하며 이건호가 크게 한숨을 쉬었다.

감독의 눈치를 보고 있던 보조 작가들이 하나둘 그에게 다가가 자신의 심정을 토로했다.

마치 지금이 기회라는 듯이.

"감독님… 저도 그만두면 안 될까요……?"

"감독님, 저도……."

"죄송합니다, 감독님. 이 이상은……."

이건호는 말없이 고개를 끄덕이며 손을 휘휘 저었다.

"이제 촬영은 또 연기되겠네요."

"그… 래야겠죠… 어서 다른 작가를 구해야 할 텐데……."

그 말을 듣자 현일은 문득 한 사람이 떠올랐다.

어차피 임준후의 악명은 업계에 널리 퍼졌을 것이기에, 하겠다고 나서는 사람은 거의 없을 것이다.

오 작가는 지금까지 잘 버텨왔지만, 이미 보조 작가는 셀 수 없이 바뀌어 왔으니 말이다.

그러나 메인 작가 경력은 드라마 하나 맡아봤을 뿐인 그녀를 추천해도 될까라는 걱정이 앞섰다.

'그래도 말이라도 꺼내볼까? 마침 뱀파이어의 연예계 생활도 거의 끝났고.'

마냥 기다리고 있는 것보단 나을 테니까.

게다가 촬영이 연기될수록 모두에게 손해였다.

"제가 아는 작가가 있긴 있는데……."

"누구요?!"

의외의 반응이었다.

"그게… 확답을 들으면 말씀드리겠습니다."

*　　　　*　　　　*

어느 카페.

"그러니까, 저에게 '기적을 그려라!'의 메인 작가를 맡아줬으면 좋겠다는 말씀이신 거죠?"

"네."

"영화 극본을 쓰는 것도 배우고 있긴 한데, 제 경력이 벌써 영화를 맡을 정도로 대단했었나 봐요?"

정현영은 예의 그 미소를 지으며 물었다.

"솔직히 그렇게 대단한 영화는 아닙니다."

"그럼?"

"원래 있던 메인 작가가 그만두었거든요. 맡을 사람이 없을 것 같아 한 번 현영 씨에게라도 말씀드린 겁니다."

"제 손은 고양이 손이 아니랍니다."

"네. 금관문화훈장을 수여받을 손이죠."

문화훈장.

문화, 예술적으로 국가 발전에 기여했다는 공적이 인정되는 자만이 수여받을 수 있는, 예술인이 우리나라에서 받을 수 있는 최고의 상이다.

1~5등급으로 이루어져 있으며 그중에서도 1등급인 금관문화훈장은 단연 으뜸이었다.

현일의 입에 발린 말에 그녀가 눈웃음을 지어보였다.

가식과 꾸밈없는 그대로의 웃음이었다.

처음 보는 모습이었지만, 그 순수한 웃음에도 정현영 특유의 매력이 한가득 담겨 있었다.

세상에 저렇게 요염한 미소가 또 있을까 싶을 정도로.

"현일 씨도 받고 싶은가요?"

"준다면 받아야죠."

최고 등급인 금관문화훈장은 역사적, 세계적 대가들에게만 수여되는 상이다.

그런 것을 준다는데 안 받을 이유가 없다.

정현영이 나직한 목소리로 말했다.

"제가 금관문화훈장을 받게 된다면… 그때 제 옆엔 현일 씨가 있으면 좋겠네요."

"하긴 뭐, 꼭 한 사람한테만 주는 건 아니니까요."

같은 해에 여러 명에게 주기도 하니까.

정현영은 무미건조하게 웃고는 본론으로 돌아갔다.

"그런데, 그 작가가 그만둔 이유가 뭐죠?"

현일은 올 것이 왔다고 생각했다.

"임준후 화백의 독선에 지쳐서 그렇습니다. 매일 제작진들에게 훈수를 두고, 조금이라도 마음에 안 드는 게 있으면 절대로 그냥 넘어가지 않거든요."

말해놓고 보니 정현영과 너무 비슷한 것 같았다.

현일은 아는 작가가 있다고 이건호에게 말했을 때, 그의 얼굴이 아직도 눈에 선했다.

끝없는 사막 한가운데에서, 1급수가 넘쳐흐르는 오아시스를 발견한 사람 같았던 그 얼굴이 말이다.

그랬던 그에게 임준후를 한 명 더 얹어준다면…….

'일단 그거야 나중에 생각할 일이고.'

아직 답도 듣지 못했으니까.

그녀는 마시던 잔을 내려놓고 대답했다.

"좋아요. 제가 할게요."

"후……."

"왜 그러시죠?"

"거절하면 어쩌나 조마조마했거든요. 누구라도 좋으니 꼭 데려와 달라고 부탁받아서요. 지금 시나리오가 통째로 날아가 버린 탓에 촬영이 완전 중단돼 버린 상태라 배우들 몸값으로 밑 빠진 독에 돈을 붓고 있습니다."

"시나리오가요? 어째서죠?"

"임준후 화백이 마음에 안 든다고… 삭제했습니다."

"흐음……."

정현영이 귀를 간질이는 끈적한 침음을 흘리며 손가락으로 테이블을 톡톡 두드렸다.

무언가 고민하는 눈치였다.

'설마 결정을 번복하진 않겠지.'

그러나 현일도 그 걱정이 기우에 불과하다는 것을 잘 알고 있었다.

그건 본인의 자존심이 허락하지 않을 테니까.

"그거 알아요?"

"그거라니요?"

"당신이 제게 했던 세 가지 조언들, 전부 기억하고 있어요."

그녀는 이윽고 창밖을 쳐다보며 중얼거렸다.

"완벽한 극본……."

그와 동시에, 움직이던 손가락도 멈추었다.

*　　　　*　　　　*

기적을 그려라! 대본 리딩실.

"감독님."

"최 MD님!"

이건호가 나타난 현일을 보며 반색했다.

그도 그럴 것이, 현일의 손에는 인쇄된 극본의 원고가 들려 있었기 때문이었다.

수위를 둘러보고는 입을 열었다.

"혼자 계셨습니까?"

"읽을 대본도 없는데 배우들 불러서 뭐하겠습니까."

현일은 말없이 원고를 건네주었다.

이건호는 잽싸게 받아들었다.

그가 원고 밑에 작게 쓰인 이름을 보고는 물었다.

"정현영⋯⋯? 누굽니까?"

"뱀파이어의 연예계 생활의 메인 작가를 담당하고 있습니다."

"그거 드라마 아닙니까? 그 작품이 흥행했다는 건 알고 있지만 영화와 드라마의 극본은 많이 다릅니다! 영화는 두 시간 안에 모든 내용을 담아야 합니다!"

"압니다. 그래서 더욱 이 작가를 추천하는 겁니다. 비록 영화 작가로서의 경력은 없어도 제가 아는 최고의 작가입니다. 일단 원고라도 보시고 결정하셔도 늦지 않습니다."

"하지만 그 작가는 신인이라구요!"

"지금 찬밥 더운 밥 가릴 처지가 아니란 거 감독님이 제일 잘 알고 계시잖아요."

"⋯⋯."

맞는 말이었다,

이건호는 자리에 앉아 원고를 읽기 시작했다.

처음엔 울며 겨자 먹는 표정이었던 그의 얼굴이 점점 붉게 변하기 시작했다.

그와 동시에, 페이지를 넘기는 그의 손이 빨라졌으며 눈알

구르는 소리가 들리는 것만 같았다.

"하……."

읽으면서 숨 쉬는 것도 잊어버렸는지, 마지막 페이지까지 다 읽었을 때 그의 얼굴은 홍당무처럼 새빨갛게 변해 있었다.

"괜찮습니까?"

원고와, 그의 상태가.

이건호는 눈을 부릅뜨면서 고개를 저었다.

"이… 이런 괴물 같은 신인을 봤나……. 이 작가 정말 신인 맞아요?"

"네."

"자칫 지루해질 수 있는 내용은 칼같이 넘겨 버리고, 주인공이 희대의 명작을 탄생시키는 장면에는 주변 사람들의 적절한 심리 묘사로 감동을 불러일으키고 있습니다. 정말 이 바닥에서 30년은 구른 노련한 작가의 극본을 보는 것 같습니다!"

감격에 겨운 그는 재빨리 제작진들을 불러 모았다.

"벌써 메인 작가를 구했어요?"

"이놈 자식아! 이 순간에도 실시간으로 빠져나가는 돈이 네 월급이라는 거 몰라?!"

PD들은 하나 같이 정현영의 극본에 극찬을 아끼지 않았다.

심지어.

"괜찮군."

가장 큰 고비였던 임준후 또한 만족스럽게 고개를 끄덕였으니 말 다한 셈이었다.

"후우……."

그의 OK 사인에 숨죽이고 있던 제작진들이 일제히 안도의
한숨을 내쉬었다.

*　　　　*　　　　*

현일의 집.

'진짜 오랜만에 꺼내보네.'

먼지 쌓인 기타 케이스에서, 검정색 픽가드와 하얀색 바디
가 어우러진 일렉 기타 하나가 그 모습을 드러냈다.

스트라토 캐스터.

가장 보편적인 일렉 기타의 표준 모델로서 맑고 아름다운
생톤 사운드와 거의 모든 장르와 궁합이 잘 맞는 것이 큰 장
점이다. 미들톤, 하이톤이 선명하여 명쾌하게 들리고, 블루스
와 재즈에 특히 어울린다는 게 특징이었다.

'둘 다 내 장르는 아니지만.'

하지만 다른 모델은 너무 튄다.

'무엇보다 지미 헨드릭스가 애용했던 모델이지.'

그런 생각을 하며 의자에 앉으니, 문득 하와이에서 사라 테
일러가 자신에게 했던 말이 떠올랐다.

'후훗, 당신이 지미 헨드릭스예요?'

현일은 피식 웃으며 기타를 쥐었다.

그런데, 왠지 모를 위화감이 느껴졌다.

'뭔가 어색한데?'

투웅.

1번 줄을 튕기니 묵직한 저음이 들렸다.

오른손잡이용으로 만들어진 기타를 왼손잡이용으로 개조한 거였다. 마치 '지미 헨드릭스'의 기타처럼.

'…내가 옛날엔 지미 헨드릭스가 되고 싶어 했었나……?'

헤드를 보니 선명하게 적혀 있는 'Fender'사의 문구.

이 또한 지미 헨드릭스가 애용했던 회사명이었다.

현일은 BCMC에 접속했다. 글이 올라온 시점부터 약 일주일이 지났으니, 댓글도 여러 개가 달려 있었다.

—여기에 에릭 클랩튼이 있으면, 난 베토벤의 환생이다. lol

—진짜 끝내주게 편곡해 줄 테니까 선물 대신 돈으로 주세요.

—아이디가 골드 핑거? 님이 그렇게 기타를 잘 쳐요? ㅋㅋㅋㅋㅋ

ㄴ 마이더스의 손이신 듯.

그 외에 답변도 두 개가 올라왔지만, 댓글은 혹평 일색이었다. 아직 채택을 안 한 걸 보니 질문자도 마음에 안든 모양이었다.

'아니면 아직 답변 확인을 안 한 건가?'

그러나 현일이 듣기에도 두 답변에 올라가 있는 음원은 그저 그랬다. 지금은 뭐하는지 모를 강민수를 떠올리게 만들 정

도로 말이다. 만약 질문자가 현업 프로 뮤지션이라면, 절대 채
택하지 않을 것이다.

현일은 기타를 역수로 들었다.

이내 눈을 감고, 기타를 연주하기 시작했다.

'음… 역시 어색한데.'

왼손잡이가 오른손을 쓰도록 교육을 받아 양손잡이가 되
는 경우는 적지 않다. 하지만 기타를 칠 땐, 오른손으로는 도
저히 피킹이 안 돼서 왼손 기타리스트로 돌아가는 경우가 많
은데 현일이야 오죽하겠는가.

'그래도 조금씩 할 만해지는데? 내가 진짜 왼손으로 기타를
쳤었나? 왜 기억이 안 나지?'

Chapter 3

신컨의 재림

그 외에도 과연 이 기타로 'The Gold Finger'가 만족할 만한 연주를 보여줄 수 있을까.

둥둥둥.

오만가지 생각이 현일의 머리를 복잡하게 만들었다.

'안 되겠다. 담배라도 하나 피우고 와야지.'

작곡에 대한 영감이 가장 잘 떠오를 경우 중 하나가 바로 흡연 중일 때였다.

새하얀 연기와 함께 머릿속의 잡념을 바람과 함께 날려 보내면, 이따금 좋은 발상이 떠오르곤 했다.

'오늘은 잘 안 떠오르네. 머리에 마군이 가득 찼나?'

이런저런 생각이 들었지만, 무엇보다 걱정되는 건 미국의 음악이었다.

슈퍼 파워(Super power: 초강대국)인 동시에, 음악의 성지와도 같은 나라.

플래티넘 히트를 달성하고, 수많은 가수들이 현일에게 노래를 받고 싶어 한다.

영화와 드라마의 음악감독까지 맡았다.

하지만 미국의 음악적 스타일을 꿰뚫어보진 못했다.

그랬다면 진즉에 빌보드 탑 차트에서 한자리쯤은 차지하고 있었을 테니까.

'모르겠다, 모르겠어.'

자리에 앉은 현일은 다시 기타를 잡았다.

'어떻게 쳐야 할지를 모르겠네. 근데 기타까지 맞춰줬는데 세세한 사항까지 다 맞춰줘야 돼?'

듣기에만 좋으면 그만 아닌가.

현일은 진심으로 그렇게 생각했다.

그래서 생각을 비웠다.

기타를 왼손으로 치든, 오른손으로 치든, 튜닝을 어떻게 하든, 무슨 이펙트를 쓰든 뭐가 대수일까.

그래프도 없이, 아무런 음악적 고뇌도 없이, 그냥 마음 가는대로, 손이 움직이는 대로 기타 줄을 튕길 뿐이었다.

그 외엔 아무것도 없었다.

지금 현일의 머릿속엔 이 세상도, 자신도 존재하지 않았다.

그저 기타와 기타만으로 이루어지는 음악만이 있었다.

이 연주가 좋은 음악인지 아닌지는 자신도 알 수 없었다.

'판단은 질문자에게 맡긴다.'

채택되면 좋고, 아니면 말고.

＊　　　　＊　　　　＊

'여기도 다 고만고만한 사람들밖에 없군.'

알렉스는 턱을 괴고 무심하게 마우스 커서를 오른쪽 상단 × 표시에 갖다 대었다.

두 명의 랭커에게서 답변이 달렸지만, 기대에 비해 실망이 컸다.

'이런 건 절대 우리 밴드의 앨범으로 낼 수 없어. 아니… 애초에 그런 곡이었으니까 폐기할 예정인 노래였지만.'

아무래도 이건 회생 불가능한 곡인가보다.

그런 생각이 들 때였다.

'그래도……'

갑자기 무슨 변덕이었을까.

마우스는 창 닫기가 아닌, 새로 고침을 클릭했다.

'오!'

그러자 답변 한 개가 갱신되었다.

그의 입꼬리가 올라갔다.

'아이디가… 큭큭… 대단한 자신감인데? 어디 한 번 그랜드 마스터의 실력을 볼까?'

그러나 답변자의 레벨을 확인하는 순간, 그의 얼굴이 구겨졌다.

'뭐야, 뉴비잖아.'

그러나 레벨과 실력이 정비례하지 않는다는 것은 알렉스도 잘 알고 있었다.

앞서 달린 두 개의 답변에서도 랭커들도 어중이떠중이들이 대부분이라는 확신만 안겨주었으니까.

그런 생각을 하니, 이내 자신의 아이디가 떠올랐다.

'…내가 남 말할 처지는 아니네.'

알렉스의 목울대가 울렁거렸다.

'게다가 한국인이네?'

케이 팝인가 뭔가 하는 음악으로 한류 열풍을 일으키고 있다는 바로 그 나라였다.

그래도 아시아권에 국한되지만.

극소수의 몇 몇 곡만 제외하면 빌보드 주요 차트에 이름을 올릴 만한 노래도 없었다.

영미권 뮤지션들의 시선으로는 그야말로 음악의 불모지.

그 이상도 이하도 아니었다.

'그래. 당신이 정말로 그랜드 마스터라면, 실력으로 증명해

봐라.'

내심 기대가 되었다.

'그러고 보니 소문의 주인공이 나타날 때가 되었어.'

BCMC의 상위 랭커들 사이에서 우스갯소리로 떠돌아다니는 소문이 있다.

1년에 한 번씩 '슈퍼 뉴비'가 탄생한다는 법칙.

그리고 그 슈퍼 뉴비는 열이면 열, 백이면 백.

현 음악 업계에 널리 위상을 떨치거나, 아니면 BCMC의 최상위 랭커가 되거나.

그중 하나는 반드시 해내고야 만다는 것이다.

그리고 둘 모두 음악인으로서 대단히 명예로운 일임에 틀림없었다.

물론 그 법칙은 작년에 깨져 그냥 소문으로 남아버렸지만 말이다.

어쨌든, 알렉스는 뉴비 답변자의 음원을 다운받아 재생해 보았다.

기대감에 부풀었다.

그리고 그 음원을 다 들었을 때, 그의 심장이 뜨거워졌다.

"맙소사… 이, 이건… 진짜 에릭 클랩튼… 아니, 지미 헨드릭스의 재림이다!",

*　　　*　　　*

지미 헨드릭스.

레전드 기타리스트를 논할 때, 언제나 빠지지 않고 거론되는 이름이다.

에릭 클랩튼과 같은 거물 기타리스트도 한 수 접어줄 정도로 불세출의 천재이자, 세계 음악 역사상 기타에 한해서는 두 번 다시없을 가장 위대한 기타리스트.

여러 매체에서 역대 기타리스트 순위를 꼽을 때, 2위부터는 순위 변동이 자주 일어나지만 1위는 절대로 바뀌지 않는다.

흑인에 대한 인종차별이 비교적 겉으로 드러났던 그 시대에 스타덤에 올랐을 정도였으니 말 다한 셈이었다.

"갑자기 무슨 헛소리야? 뜬금없이. 지미 헨드릭스의 재림이라니?"

벤 맥티비시가 시큰둥한 표정으로 물었다.

"헛소리 따위가 아냐! 진짜로 지미 헨드릭스의 재림⋯ 아니! 지미 헨드릭스의 환생이 나타났다니까!"

"웃기고 있네. 작곡한답시고 며칠 밤을 새더니 결국 머리가 돌은 거 아냐? 농담은 그만하고 어제 가사 1절 써놓은 거나 봐줘라."

"야! BCMC에 에릭 클랩튼이 있을지도 모른다고 한 게 너였잖아!"

"그래. 그리고 그런 사람이 있었다면 진즉에 전 세계의 음악 시장을 휩쓸고 다녔을 거라고 말했던 건 너였지."

벤이 저렇게 나오니 알렉스도 말문이 막혔다.

"그, 그건… 그래! 한국 사람이라서 그랬던 거야!"

"참 나……. 그게 뭔 상관인데?"

"한국의 음악과 미국의 음악은 다르니까! 한국 대중들은 그 기타리스트의 진면목을 알아보지 못했던 거야!"

벤은 알렉스의 변명에 코웃음을 쳤지만, 사실 어느 정도 일리가 있었다.

한국에서 지미 헨드릭스의 인지도는 처참한 수준이니까.

음악에 대해 좀 안다는 사람도 지미 헨드릭스는 '그런 대단한 기타리스트가 있었다.'정도일 뿐인 게 현실이었다.

어쩔 수 없는 일이다.

그의 음악 자체가 한국인의 정서와는 맞지 않으니까.

"그럼 진즉에 미국에 왔었어야 되는 거 아냐?

"글쎄……? 티켓 살 돈이 없었나……? 아, 아무튼! 그냥 속는 셈 치고 들어나 보라니까?"

"알았어. 알았다고. 대신 시간 낭비하는 거면 술사야 돼."

"좋아. 코가 비뚤어질 때까지 마시게 해주마."

알렉스의 호언장담에 벤은 머지않아 마시게 될 공짜 술맛을 상상하며 입맛을 다셨다.

'쌩 라이브 연주인가? 성의가 없군.'

연주를 시작하기 전, 기타 줄을 튕겨보는 행동이나, 간간이 들리는 주변 소음이 믹싱도 하지 않고 그대로 올렸음을 알게 해주었다.

라이브 연주가 나쁘다는 것이 아니라, 베이스, 드럼, 기타가 모두 녹음되어 있는 음원에 자신의 연주를 그냥 덮어씌웠으니, 음원과의 괴리감이 느껴지기 때문이었다.

'오……?'

그러나 노래가 시작되자, 의심 가득했던 그의 얼굴은 점점 경악으로 물들었다.

처음엔 '생각보단 괜찮은데?'라고 생각했으나 그다음엔 자신도 모르게 이름 모를 기타리스트의 향연에 심취하고 있었다.

"이런 미친……."

"지… 지미 헨드릭스……."

이 죽은 곡을, 기타로 부활시켰다.

이 한국 기타리스트의 연주는, 정말로 지미 헨드릭스를 연상시켰다.

아닌 게 아니라, 지미 헨드릭스만의 특유의 플레잉 스타일, 톤 메이킹, 그가 즐겨 사용하던 화음, 리듬 등등.

하나부터 열까지 그의 향취가 적잖이 묻어났다.

그러면서도, 조금 달랐다.

마치 지미의 장점과 이 이름 모를 기타리스트 본연의 장점만을 가져왔다.

잡종이 아닌 혼종.

"싱코페이션이……."

"Holy shit……! 딜레이와 어드밴스가 자유자재야……!"

이 음은 밀고, 저 음은 당기고.

자칫 곡을 망칠 수 있는 위험한 도박.

그런 연주를 이토록 완벽하게 소화하는 기타리스트는 태어나서 본 적이 없었다.

때로는 유함이 풀밭을 뛰노는 어린양과 같았으며, 때로는 먹이를 노리는 매의 눈빛처럼 날카롭고 기타를 연주하는 방안의 열기가 둘의 심장을 꿰뚫었다.

마치 레이저처럼 말이다.

그야말로 신의 기타 컨트롤.

둘은 동시에 중얼거렸다.

알렉스 베네딕트가 그토록 되고 싶었던, 그토록 바라마지 않았던 그 이름을.

"골드 핑거……!"

*   *   *

SH 엔터테인먼트.

"예, 예."

평소엔 직원들에게 폭언을 일삼고, 중소 기획사에 갑질을 일삼던 이성호가 지금은 아주 공손하게 전화를 받고 있었다.

─하여튼, 일단 전달은 해 보겠지만 본인이 안 하겠다고 하면 저도 별 수 없습니다.

"예. 알겠습니다. 그럼 꼭 말씀 좀 잘 전해주십시오."

─수고하세요.

"후……."

이성호는 크게 한숨을 쉬었다.

'이번 건은 반드시 따내야 돼.'

현대카드 슈퍼콘서트.

SH에서는 그것을 벤치마킹하여 야심찬 무대를 기획했다.

기존 현대카드의 공연장은 여태까지 내한을 왔던 가수들이 여러 불만을 토로했다.

그 점은 보완하고, 장점은 모두 삭삭 긁어왔다.

이름하야 SH 그랜드 페스티벌.

30분은 자사의 가수가 공연하고, 나머지 1시간은 섭외한 해외의 유명가수가 공연한다.

그리고 이번에 SH에서 섭외하려는 가수는 윌리엄 존스.

비록 그래미 어워드의 메이저 상은 받지 못했지만, 마이너 상은 몇 개 수상한 경력이 있는 나름 인기 있는 가수였다.

그래도 빌보드 차트 최상위권에 이름을 올린 아티스트에 비하면 손색이 있긴 하지만.

물론 한창 주가를 올리고 있는 아티스트를 섭외하려고 했으나, 그들은 이름도 들어본 적 없는 한국의 조그만 연예 기획사에서 주최하는 행사에 오려고 하지를 않았다.

'젠장할, 제깟 것들이 뭐 그리 대단하다고!'

물론 대단하다.

하지만 폴 매카트니라면 모를까, 고작 윌리언 존스에게도 고개 숙여야 하는 작금의 현실이 마음에 들지 않았다.

새삼 한국이 얼마나 좁은 나라인지 실감했다.

이 나라에서 살아남으려고 발버둥 쳐봤자 결국 우물 안 개구리에 불과했다.

'한류는 아시아만 노리면 된다.'고 단상 위에서 말했던 건 자신이었지만, 그거야 그때의 일.

그래서 SH 그랜드 페스티벌도 여는 거고, 없는 시간도 쪼개서 BCMC의 랭킹도 악착같이 올리는 것이다.

필시 그럴 만한 가치가 있으니까.

BCMC의 대부분이 모르는 사실 중 하나.

최상위 랭커만 들어갈 수 있는 채팅방이 있다.

그곳엔 당연하게도 해외 음악 업계의 여러 정보가 돌아다닌다.

예를 들면, 최근에 게시글이 올라온 'The Gold Finger'의 정체 같은 것들 말이다.

이성호는 입꼬리를 올렸다.

'그래. Reality Dragons라면 충분히 우리 페스티벌에 올 자격이 있지.'

실상은 절이라도 하고 모셔와야겠지만 어쨌든 그들과의 공연만 성사된다면, 윌리엄 존스 따윈 있어도 그만 없어도 그만이다.

'쯧, 락은 가져다 쓰기가 어려워.'

골드 핑거가 올린 음원을 들어본 이성호의 감상이었다.

밑에 달린 세 개의 답변 글도 보았으나, 원곡보다 시원찮았다.

특히 가관인 것은 막 올라온 세 번째 답변이었다.

'뭐야 이건? 기타에 별 희한한 기교만 잔뜩 들어가 있지 시끄럽기만 하고 깊이가 없어. 이 양반은 당장 음악 따윈 때려치우고 일자리나 알아보는 게 나아.'

그에게 N표시를 대문짝만 하게 박아놓고 있는 녀석의 아이디 따윈 볼 가치도 없었다.

'이 답변이 채택받으면 내가 이 자리에서 물러난다.'

실없는 생각을 하며 20초도 듣지 않고 꺼버렸다.

이윽고 골드 핑거에게 쪽지를 보냈다.

자신의 정체를 밝히고 공연에 대해 진지한 이야기를 나누고 싶다는 내용이었다.

*　　　*　　　*

현일의 집.

BCMC에 접속했다.

'댓글이 다섯 개에 추천수가 여섯 개네.'

보통 댓글보다 추천이 더 많은 경우는 드물다.

앞서 달린 두 개의 답변에 비해서 댓글도 모두 호평이었기에 현일의 입꼬리가 올라갔다.

Jerry M.: 잘 들었습니다. 정말 몇 번을 반복해서 들었는지 모르겠네요. 1분짜리 곡인데 두 시간이 순식간에 지나가 버릴 정도로 환상적인 기타 플레잉입니다.

혹시 제가 작곡한 곡도 들어봐 주실 수 있나요? 기타 파트도 손 봐 주시면 더할 나위가 없겠지만 감상만 말씀해 주셔도 괜찮습니다. 상업적으로 이용할 목적은 아닙니다. 제 개인적인 연구를 위해 참고 자료로만 쓸 테니 링크는……

'들어주지 뭐.'

칭찬은 고래도 춤추게 하는 법.

어차피 레벨을 올리려면 답변을 달아주는 게 제일 빠른 방법이었다.

물론 채택을 받아야 한다는 전제가 필요하지만.

'그러려면 살짝 편곡해 주는 것도 괜찮겠지.'

제리 엠의 노래를 일전 골드 핑거에게 해주었던 스타일대로 편곡해 주었다.

'그럼 다음 질문.'

그뿐만 아니라, 편곡이나 감상을 원하는 질문자들의 게시글에 성심성의껏 답변을 달아주고 창을 닫았다.

'영화는 잘 되고 있으려나.'

*　　　　　*　　　　　*

"순조롭게 진행 중입니다."

이건호가 빙그레 웃으며 말을 이었다.

"임 화백도 OST와 극본에 한해서는 더 이상 별 말이 없습니다. 배우들도 바뀐 극본에 상당히 만족하고 있고요. 제가 봐도 극중 배역의 연기가 아주 살아 있습니다."

"OST는요? 감독님의 귀에는 어떤 것 같습니까?"

"말이 필요 없죠. 그리고 뭐, OST는 MD님이 전권을 가지고 계시니 지금처럼만 해주시면 아무 문제없을 겁니다. MD님 덕분에 영화가 살아나고 있습니다. 진심으로 감사드립니다."

"그러게요. 언제 한 번 따로 찾아뵙고 인사라도 올려야 하는 것 아닌가 모르겠어요? 저를 스타덤에 앉혀줄지도 모르는 사람인데."

배설연이 깔깔 웃으며 다가왔다.

그녀가 자신 덕에 스타덤에 오르는 건 솔직히 떨떠름했지만, 딱히 악감정이 있는 건 아니었다.

'영화가 잘되면 좋지.'

과연 '기적을 그려라!'에 출연한 배우를 스타덤에 올려줄 정도로 잘 될까?

어쨌든 좋은 게 좋은 거니까.

현일은 빙긋 웃으며 화답했다.

"네. 그때까지 열심히 하세요."

그러자 배설연은 머쓱해졌다.

한껏 약 올려주려고 했는데, 상대가 저렇게 나오면 자신만 나쁜 사람이 된 것 같지 않은가.

"뭐, 뭐야……?"

＊　　　＊　　　＊

리얼리티 드래곤즈의 공연장.

—I'm waking up! I feel it in my bones~ enough to make my system blow…….

전석 매진된 공연장의 뜨거운 열기.

관객들에게 마이크를 넘기고, 그들이 자신들의 노래를 따라 불러줄 때, 가수들은 이루 말할 수 없는 환희를 느낀다.

마지막 곡이 끝나고, 팬들과 헤어져야 하는 아쉬운 시간이 다가왔다.

무대에서 퇴장하고 벤이 입을 열었다.

"어이, 알렉스. 그 기적의 기타리스트 정체는 파악했나?"

"아직이야. 쪽지라도 보내보려고."

"근데 정체를 알아내서 뭐 하려고?"

"당연한 거 아냐? 만나러 가야지!"

"한국에 가려고?"

알렉스는 세차게 고개를 끄덕였다.

"그런 인재가 알아주는 이 하나 없는 쬐끄만 시장에 묻혀 있는 건, 세상 모든 아티스트와 음악에 대한 모독이나 마찬가지라고!"

보아하니 이미 알렉스는 그 한국의 무명 뉴비가 천하제일의 기타리스트라고 확신하는 것 같았다.

사실, 벤 또한 내심 갈등이 일었다.

그 사람의 정체를 알고 싶은 마음이 굴뚝같았다.

비록 한 곡밖에 못 들어봤지만, 그만큼 기타를 잘 치는 사람은, 단언컨대 어디서도 본 적이 없었다.

지미 헨드릭스만 빼면.

하지만 과연 그 한사람을 보기 위해 한국에 가볼 가치가 있을 것인지가 제일 큰 문제였다.

"만약 갔는데 순전히 운이었다면 어쩌려고? 시간과 돈만 낭비하는 꼴이 될 텐데?"

"그럼… 연주를 좀 더 들려달라고 하면 되지."

그렇게 둘은 연습실로 돌아가자마자 BCMC에 접속했다.

알렉스는 일단 현일의 답변부터 채택하기로 했다.

그런데.

"뭐야 이건?!"

"댓글이 103개에, 추천이 231이라고?!"

이미 현일의 답변 글은 베스트 게시글 꼭대기에 올라가 있었다.

그 바로 밑에는 같은 아이디의 답변도 역시 베스트를 쭉 차지하고 있었다.

벤이 알렉스의 등을 두드리며 재촉했다.

"빨리 댓글 좀 봐봐!"

"안 그래도 그럴 참이었다!"

─헐… 진짜 에릭 클랩튼이 여기 있었나?

─아니죠. 이 스타일은 에릭 클랩튼보다 뛰어난 기타리스트인 레드 제플린의 지미 페이지와 더 가깝습니다. 다분히 락 적인 사운드와 간간히 들리는 금속성이 마치 헤비메탈⋯⋯.

ㄴ 뭔 개소리야! 지미 페이지는 리치 블랙모어보다 아래거든!

ㄴ 여기서 중요한 건 리치 블랙모어보다 답변자가 더 뛰어나다는 거죠.

ㄴ 인정합니다.

─골드 핑거는 이 답변 채택 안 하고 뭐하냐!

⋯⋯

백여 개의 댓글은 대부분이 호평과 자신의 노래도 들어달라는 요청이었다.

간혹 다른 의견이 나오기도 하지만 '밴드 음악은 내 취향이 아니다.'라거나 또는 뉴비를 놀리는 어그로성 댓글, 그리고 저들끼리 전문가 행세하며 싸워대는 댓글들뿐이었다.

"허… 이미 이 사람 쪽지함은 아주 난리가 났겠는데? 과연 우리 걸 볼까?"

"그래도 해봐야지."

그렇게 쪽지함에 들어가니 누군가에게서 쪽지가 와 있었다. 한국의 어느 랭커였다.

─안녕하십니까. Reality Dragons의 알렉스 베네딕트 님. 저는 한국에서 SH 엔터테인먼트를 운영하고 있는…….

리얼리티 드래곤즈의 노래는 매우 감명 깊게 듣고 있으며…….

쪽지를 드린 것은 다름이 아니라, 올해에 개최될 'SH 그랜드 페스티벌'에 초청하고 싶어서입니다.

의사가 있으시다면 제가 직접 그쪽으로 찾아가겠습니다. 아래에 제 연락처를 남겨드리겠으니 좋은 답이 있기를 기대하고 있겠습니다. 분명 후회하지 않으실 선택이라고 생각합니다.

'쯧쯧… 꼭 우리 노래 좋아하지도 않는 것들이 말만 번지르르 하게 하지.'

이런 제안은 여러 곳에서 수도 없이 들어봤다.

우리랑 계약하자, 어디서 공연해 달라… 등등.

그저 제의만 받아도 좋아서 함박웃음이 지어지던 때는 지나간 지 오래였다.

알렉스가 삭제 버튼을 클릭하려 할 때, 벤이 제지했다.

"잠깐!"

"왜?"

"이 사람… 한국인인데?"

*   *   *

CGW 임원진 시사토론회.

'기적을 그려라!'의 예상 손익분기점은 130만 관객.

보통 영화가 촬영이 끝나고 개봉하는 데까지 걸리는 시간이 블록버스터급 영화의 경우에는 대략 1년에서 길면 2년 정도가 걸린다.

그러나 '기적을 그려라!'는 딱히 휘황찬란한 CG가 필요한 영화도 아니다.

오로지 시나리오와 극중 캐릭터의 매력으로만 승부하는 예술 영화.

중간에 몇몇 횡액이 있었긴 하지만, 메인 작가와 음악감독의 신속하고도 정확한 일처리.

밤까지 새가며 작업에 임한 편집팀, 그리고…….

"어려운 형편에도 불구하고 자신의 꿈을 놓지 않는, 처절하면서도 애달프고, 또 감동적인 주인공이 꼭 내 젊은 시절을 보는 것 같았네."

"응당 젊은이라면 이래야 하는 법이지. 요즘 젊은 것들은 말야, 열정이 없어요! 열정이! 내가 한 10년 전만 해도……."

"정말 눈물 없인 볼 수 없는 스토리였어. 이 영화 극본을 쓴 작가가 누군가? 다음 영화에도 쓰고 싶은데."

"무엇보다 배우들의 연기가 살아 있어. 실화라고 해도 믿을 정도라고."

"그게 다 작가의 역량 아닌가. 대본이 훌륭해야 배우들도 편하게 연기를 하는 거지."

"극본도 극본이지만, 전 OST가 가장 마음에 들었습니다. 주인공의 그림이 OST와 완벽한 하모니를 이루고 있는 것 같습니다."

"맞아요. 영화를 보는 내내 눈을 뗄 수 없게 만드는 매력이 있어요. OST가 흘러나올 땐 화장실 가고 싶은 것도 참느라 힘들었다니까요?"

"저도 OST가 영화를 살렸다고 생각합니다. 눈을 감아도 등장인물이 어떤 행동을 하고 있는지가 보이는 것 같았습니다. 특히 가장 마지막에 나오는 하이라이트 부분이 주인공의 심정의 변화를 매우 잘 캐치하고 있어요."

"음악감독이 누군가?"

"GCM이라는 예명을 쓴다고 합니다."

"그는 대중음악 작곡가 아닌가? 허… 대단하군."

높으신 분들에게도 큰 호평을 받은 덕분에 개봉에 걸리는 시간을 획기적으로 줄일 수 있었다.

1개월.

그 후에 영화가 개봉된다.

*　　　　*　　　　*

[영화 기적을 그려라! 정말로 기적을 그려내나……?]

—우여곡절 끝에 개봉된 영화, '기적을 그려라!'는 중간의 많은 고난에도 불구하고 순조롭게 상영을 시작……

[기적을 그려라! 개봉 첫날 관객 수 14만 히트!]

—관객들의 극찬을 받고 있는 '기적을 그려라!(이하 기그!)'는 각종 SNS와 입소문을 타고 빠르게 티켓이 매진되고 있는 상황이다.

개봉 당일 관객이 14만이었던 '기그!'는 둘째 날 18만, 셋째 날 20만 관객을 유치하는 기염을 토했다.

[예상 손익분기점 130만. 일주일이면 돌파할 것으로 보여……]

—'기적을 그려라!'의 관객 수는 빠른 속도로 오르고 있으며, 이 상승세는 한동안 유지될 것으로 보인다.

*　　　　*　　　　*

GCM 엔터테인먼트.

영화 쪽 일이 본격적으로 시작되니 지난 시간 눈코 뜰 새 없이 바빴다.

서종원 프로듀서와의 음악적 견해 차이로 충돌하는 경우도 있고, 현일도 OST를 만드는 족족 임준후에게 OK를 받는 건 아니었으니까.

'아이고 아파라……'

이제 숨통이 트였다고 생각하니 목과 어깨가 뻐근했다.

일에 몰두하느라 잊고 있었던 피로가 한꺼번에 몰려왔다.

'그래도 이제 회사는 나 없어도 잘 돌아가는 것 같아서 다행이야.'

팀 3D의 공이 크다.

GCM 엔터테인먼트의 가수들은 내색하진 않았지만, 요즘 따라 현일이 작곡한 노래가 부쩍 줄어들어 아쉬워했다.

그래도 팀 3D의 노래에 모두들 만족하는 눈치였다.

"야! 야! 현일아! 왜 이제야 온 거야!"

경악성을 띄우며 소리치는 안시혁에게 현일이 의문을 표했다.

"왜 그렇게 호들갑이에요?"

"BCMC에 엄청난 괴물이 나타났어!"

"그래요? 어디 인기 아티스트가 가입했나 보죠."

"아니야! 기타 플레잉이 예사롭지가 않아. 이런 기타리스트는 어디에서도 나타난 적이 없었다고!"

만약에 매우 유명한 아티스트가 본인의 연주를 그의 극성 팬에게 들려준다면, 알아차릴 수 있다.

그 왜, 가면 쓰고 노래 부르는 가수의 정체를 시청자들이 맞히는 것과 비슷한 맥락이다.

물론 기타의 경우, 기타리스트의 목소리는 알 수 없어도 특유의 스타일, 평소의 버릇 따위는 숨기려 해도 어쩔 수 없이 묻어나오는 법이니까.

"그럼 한번 볼까요? 어느 정도인지."

"당연히 그래야지!"

예전에 달았던 답변이 채택은 받았을지 궁금하기도 하고, 채택되었다면 선물을 받을 생각은 없어도 호기심이 일어나는 법이다.

특히나 한국에서는 구할 수 없는 물건이라면 더욱더.

무엇보다, 현일은 작곡가였다.

실력 있는 아티스트의 연주를 들을 수 있다는 건, 이 세상 어떤 것보다 값진 경험이 될 수도 있으니까.

'내 기타와 그 작자의 거리를 가늠해보고 싶기도 하고. 그렇게 대단한 사람이라면 언젠가 배워보고 싶긴 하네. …내가 기타리스트였다면 말이지.'

그런 생각을 하며 BCMC를 켰다.

'…뭐야 이건…? 갑자기 랭킹이 14만 등이나 올랐네?'

띠링! 띠링! 띠링! 띠링! 띠링…….

로그인과 동시에 알림음이 폭우처럼 쏟아졌다.

댓글과 쪽지가 도착했다는 메시지들이었다.

＊　　　＊　　　＊

벤과 알렉스는 이성호에게 쪽지를 보냈다.

그 뒤에는 이성호가 연락을 취해 미팅 약속을 잡고 미국으로 오기로 했다.

알렉스는 메일로 의견을 주고받아도 된다고 했지만, 그가 미국에 볼일도 있다 했고, 꼭 만나서 이야기 하자기에 성사된 것이었다.

딱히 거절할 이유도 없었고, 다른 나라에서도 자신들을 만나기 위해 찾아오는 공연 기획자들도 많았으니까.

물론 사장이 직접 찾아오는 경우는 없었지만 말이다.

아무튼, 벤 맥티비시는 기대 반 걱정 반으로 알렉스에게 입을 열었다.

"알렉스. 우리가 SH 엔터테인먼트라는 곳에 갔으면, 그 기타리스트를 찾을 수 있었을까?"

"나도 모르지. 그래도 SH는 한국에서 가장 큰 레이블 중 하나라고 하니까 나중에 이성호 사장한테 물어보면 되겠지. 그런 곳이라면 그의 대략적인 소재라도 알고 있을 지도 모를 테니까. 아예 그 회사 소속이면 더 좋고."

당사자가 들으면 대경실색할 소리였지만, 알렉스가 그것을 알 턱이 없었다.

벤이 고개를 갸웃거렸다.

"글쎄… 내 생각은 좀 다른데."

"뭐가?"

알렉스가 의문을 표했다.

벤은 잠시 생각을 정리하고 대답했다.

"한국인들이 정말로 그의 음악을 알아주지 못해서 우리가 몰랐던 거라면, 한국 메이저 레이블에 소속되어 있을 리가 없잖아."

"그럴 수도 있겠네. 그래도 애초에 나도 그가 SH에 소속되어 있다는 베스트 상황을 기대하진 않았어. 설사 무소속이라도 한국 기타리스트를 이 잡듯 뒤지면 언젠간 볼 수 있겠지!"

"그러다 다 늙어서 만나겠다."

"뭐 어때? 죽기 전에 딱 한 번만이라도 그 기타를 바로 눈앞에서 들을 수 있으면 그것만으로도 충분히 값진 인생인 거라고!"

"그래, 그래. 아무튼 고생해 봐라. 난 이번 기회에 여행이나 가련다."

현재 리얼리티 드래곤즈는 머지않아 다가올 그래미 어워드 시상식 준비 때문에 바쁘다는 핑계로, 최근의 스케줄을 크게 비워놓은 상태였다.

12월에 대부분의 시상식을 끝내는 한국과는 다르게 그래미 어워드의 시상식은 2월에 열려서 각 상마다 후보를 이전해 12월에 발표한다.

그렇기에 아티스트와 레이블에서 1~2월 사이에 앨범을 내는 것을 꺼려하게 되는 것은 당연지사.

때문에 팬들은 시쳇말로 그 기간을 빌보드의 암흑기, 뮤지션들은 휴식기라고 부른다.

그리고 벤은 그 휴식기를 여행으로 보낼 참이었지만.

"무슨 소리야? 이번 달엔 한국에 공연 가야 될지도 몰라."

"뭐? 왜?"

"SH에서 열리는 공연에 참가하는 대신에 그 기타리스트를 만나게 해달라고 조건으로 걸 거거든. 유니버설 뮤직에도 연락해 놨어. 한국 공연도 나쁘지 않다더라고."

"……."

벤은 다소 어이가 없었지만 또렷하게 빛이 나는 알렉스의 눈을 보니 아무런 말도 할 수 없었다.

저렇게나 보고 싶어 하는데 어쩌겠는가.

*　　　　*　　　　*

GCM 엔터테인먼트.

현일이 올린 12개의 답변이 모두 채택받았다는 메시지, BCMC 유저들의 엄청난 환호성 댓글, 그리고 수많은 감상평가 요청 쪽지들이 둘의 눈을 어지럽혔다.

도대체 이게 무슨 현상인가 가만히 얼떨떨한 안시혁이 문득 눈에 들어온 현일의 아이디를 보고는 놀라 소리쳤다.

"야… 너……. 그 기타리스트의 정체가 너였어?!"

"예, 예? 그, 그런가……?"

안시혁은 눈이 휘둥그레졌다.

정신을 차린 그가 현일의 등을 두드렸다.

"너 이 자식! 기어코 일을 저질렀구나!"

"예?"

"내 언젠가 크게 해낼 줄 알았다니까! 이제 출세했다, 너!"

그가 호탕한 웃음을 터뜨리고는 말을 이었다.

"조만간 유수 레이블에서 컨택트가 올 거다. 워너 뮤직, 소니 뮤직, 유니버셜 뮤직, EMI 뮤직… 넌 어디로 가고 싶냐?"

안시혁은 계속해서 호들갑을 떨어댔다.

"넌 정말 세계적인 락스타가 될 수도 있어! 제2의 지미 헨드릭스… 아니, 제1의 최현일! 관객들은 네가 무대 위에서 기타를 들고 있는 것만 봐도 쓰러질 거라고!"

현일은 피식 웃으며 고개를 저었다.

"형, 저는 공연 같은 건 할 생각이 없어요."

"그거야 나중에도 생각할 수… 뭐?"

"저는 작곡가예요. 그걸로 충분해요. 그리고 무슨 레이블이에요? 멀쩡한 제 회사를 놔두고 제가 어딜 가요. 물론 미국도 언젠가는 가보고 싶습니다. 하지만 아직은 아닌 것 같아요."

"역시 그렇겠지……."

"무엇보다도, 저는 신시사이저가 좋아요."

안시혁이 시무룩한 얼굴이 되었다.

현일은 그런 그의 기분을 조금이나마 달래주기로 했다.

"그래도 비행기 태워줘서 기분은 좋네요. 보답으로 기타라도 연주해 드릴까요?"

안시혁은 언제 그랬냐는 듯 금세 웃음을 그리며 세차게 고개를 끄덕였다.

"아, 내친김에 성재한테도 보여주자."

"그러죠."

둘은 팀 3D의 작업실로 들어갔다.

이지영은 어디 갔는지 안 보였고, 김성재가 현일을 맞아주었다.

"왔냐?"

"네. 성재 형, 제 기타 연주 좀 들어주실래요?"

"기타? 갑자기 왜?"

"크흠! BCMC에 나타난 레전드 기타리스트가 바로 이 몸이시라는 거 못 들었어?"

안시혁이 현일의 어깨에 손을 얹으며 대답했다.

"그래? 그렇게 잘 치면 나도 들어보고 싶네. 해봐."

"네."

현일은 골드 핑거에게 주었던 연주를 들려주었다.

1분이 지나자 안시혁은 아나나 다를까 호들갑을 떨어댔다.

그에 반해 김성재는 의미심장한 표정을 지으며 턱을 문질렀다.

"음⋯⋯. 미묘하네."

"뭐가요?"

"글쎄? 뭐라고 말하긴 힘든데, 한 가지는 확실해. 우리나라 대중은 너의 기타를 안 좋아할 거야."

"그래요? BCMC 유저들이 특이한 걸까요? 아니면 제가 기타에는 재능이 없는 건가?"

"아니, 미국인들은 엄청 좋아할 걸. 네가 재능이 없는 거면 현재 영미권 락밴드의 99퍼센트는 해체되어야 마땅해."

*   *   *

리얼리티 드래곤즈의 연습실.

"저희 SH 그랜드 페스티벌은 최대 3만 명의 인원을 수용 가능하고, 다양한 축제용 장비도 구비가 되어 있습니다."

이성호의 마지막 설명을 들은 벤이 잠시 생각에 잠겼다.

"잠시 멤버들이랑 상의 좀 하겠습니다."

"그러시죠."

동료들과 대화를 주고받은 후, 입을 연 것은 알렉스였다.

"BCMC에 대단한 기타리스트가 한 명 있더군요. 이성호 씨도 알고 계시죠?"

"예? 요즘 콘서트 기획으로 바빠서 BCMC에서 활동을 잘 안 한 탓에 잘 모르겠군요. 숨어 있던 랭커라도 출현했습니까?"

"아닙니다. 확실한 건 아니지만, 한국의 신입 유저였어요. 한국 사람이신 것 같은데, 혹시 아는 분은 아닙니까?"

"모르겠네요. 금시초문인데요? 기타에 꽤 일가견이 있나보죠? 하지만 그래봐야 어디 알렉스 씨만 하겠습니까? 하하하!"

"일가견이 있는 정도가 아니에요. 마치 기타의 화신을 보는 것 같았습니다. 저는 그에 비하면 어느 길거리에나 굴러다니는 한낱 돌멩이에 불과해요."

"혹시 최상위 랭커가 국적을 속이고 가입한 세컨드 아이디는 아닐까요?"

"절대 아닙니다. 이제껏 어디서도 본 적 없었던 독특한 연주법이었어요. 그리고 한국 아이피를 쓰고 있으니 한국인이겠죠. 별거 있습니까?"

물론 후자의 경우 VPN으로 우회한다는 방법도 있지만, 이성호는 구태여 반박하지 않았다.

지금은 이성호가 리얼리티 드래곤즈와 계약을 따내느냐 마느냐하는 중대한 시간.

그들의 심기를 건드려서 좋을 건 전혀 없었다.

알렉스가 그렇다면 그런 거다.

그저 농담이 아님을 알아차린 이성호의 눈썹이 찡긋거렸다.

그는 이것이 기회라고 생각했다.

"아, 생각해 보니 저희 회사에 기타를 좋아하는 사람이 하나 있긴 있습니다. 최근에 BCMC에 가입했다고 들었는데……."

알렉스가 상체를 벌떡 세우고 눈을 번뜩였다.

"누굽니까?!"

"그 사람 아이디가 뭐죠?"

"그랜드 마스터."

"그렇군요. 제가 그 녀석 아이디를 몰라서 일단 확실한 건 아니니 확인을 해봐야 할 것 같은데요?"

이성호는 그렇게 말하며 전화기를 꺼내보였다.

알렉스는 흥분을 가라앉히고 손짓했다.

"괜찮습니다. 어서 전화해 보세요."

"예. 하지만 너무 기대는 하지 않는 게 좋습니다."

이성호는 자리를 옮겨 담배에 불을 붙인 뒤 한국에 전화를 걸었다.

─무슨 일이십니까? 사장님. 미국에 출장 가셨다고 들었는데, 어떻게? 공연 성사는 잘되셨는지요?

"지금 협상중이다. 안 그래도 그것 때문에 전화했거든. 영철아, 내가 하는 말 진지하게 들어라."

─네.

"너 기타 좀 치지?"

―예? 그건 갑자기 왜요?

"그냥 묻는 말에나 대답해 봐. 빨리!"

―예, 뭐… 유명 기타리스트에 비하면 손색이 있기야 하지만 최소한 SH 엔터 안에서는 제가 제일 잘 친다고 자부합니다.

이성호는 하염없이 베란다를 빙빙 돌아다녔다.

수많은 시간동안 SH 대표로 지내온 사람으로서, 촉이 왔다.

그 기타리스트를 만나게 해주는 것.

그게 리얼리티 드래곤즈의 공연을 성사시키느냐 마느냐의 기점이었다.

알렉스는 자신보다 뛰어난 기타리스트를 존경하니까.

전화기를 붙들고 있는 손은 금세 땀으로 축축해졌다.

"아니! 그 정도론 안 돼! 리얼리티 드래곤즈가 한국에 오기 전까지 무조건 우리나라 정상급까지 실력을 올려놔!"

―예……? 하지만 지금 샤이 보이즈 음반 준비로 바쁜데요? 기타나 치고 있을 시간이 없어요. 그리고 리얼리티 드래곤즈가 한 10년 뒤에 오면 모를까, 그 짧은 기간에 어떻게 국내 정상급이 된답니까? 그런 방법이 있으면 저한테도 알려주세요.

이영철은 SH 엔터테인먼트에서 가장 경력이 많은 음악 프로듀서였다.

거의 초창기 멤버나 다름없었기에, SH 내에서 이성호와 허물없이 대화하는 몇 안 되는 사람이었다.

"BCMC에 들어가 보면 대단한 기타리스트 한 명 있다니까 더도 말고 덜도 말고 딱 그만큼만 만들어놔!"

―저 거기 아이디 없는데요.

"내 거 알려줄 테니까! 지금 하는 건 다 밑에 애들한테 맡기고! 아무튼 빨리 연습해야 된다!"

―예. 분부대로 하겠습니다.

이성호는 전화를 끊자마자 재빨리 다른 곳에 연락했다.

어디까지나 이영철은 차선책에 불과하다.

―예, 사장님.

"어, 김 실장. 난데, 지금 마케팅팀 안 바쁘지?"

―그랜드 페스티벌 건으로 많은 인력을 투입 중입니다. 그렇게 바쁜 건 아니지만 딱히 크게 여유가 있는 것도 아닙니다.

"BCMC에 그랜드 마스터라는 아이디를 쓰는 사람이 있는데, 당장 그 사람 찾아와."

―왜 그러십니까?

"그건 나중에 설명할 테니까, 최대한 빨리 해야 한다. 될 수 있으면 우리 회사랑 계약시키고 조건은 후하게 해준다고 전해."

―알겠습니다.

전화를 끊고 다시 실내로 들어왔다.

기다리는 게 무료했는지, 기타를 만지작거리고 있는 알렉스가 보였다.

그는 돌아오는 이성호를 보고 기타를 소파 뒤에 가지런히 내려놓았다.

차분함을 유지하고 있었지만, 그의 눈엔 어쩔 수 없는 기대감이 서려 있었다.

알렉스가 나지막이 입을 열었다.

"…역시 아니죠?"

그는 그저 그랜드 마스터가 본인이 맞는지 아닌지만 확인하면 될 것인데, 전화가 오래 걸린 것에 대해 묻지 않았다.

이성호는 씨익 입꼬리를 올리며 대답했다.

"맞습니다."

*　　　*　　　*

SH 엔터테인먼트.

"허……. 코멘트가 엄청나게 달려 있네."

이미 현일이 올린 답변은 추천수가 천을 넘겼다.

댓글 란에는 수많은 유저들이 저마다 명탐정을 자처하면서 그랜드 마스터의 정체를 낱낱이 분석하고 있었지만, 그들의 결론은 언제나 같았다.

'대체 누구야?'

그랬다.

"나도 이렇게 인기 좀 누려봤으면 좋겠네."

이영철은 무미건조한 말투로 중얼거리며 그랜드 마스터가 수정한 음원을 내려 받았다.

기타를 잡고, 음원을 재생했다.

같은 이의 곡을 몇 개 더 들어본 이영철이 이맛살을 찌푸렸다.

"뭐야? 별거 아닌데?"

＊　　　　＊　　　　＊

Jerry M.: 제가 밤낮으로 연구해서 작성한 그랜드 마스터님의 악보입니다. 완벽하진 않지만 최대한 비슷하게 만들고자 노력했습니다. 너무 욕은 하지 말아주세요.

댓글을 훑어보니 현일이 연주한 기타의 대략적인 악보와 사용된 이펙터를 정리해 놓은 하이퍼링크가 걸려 있었다.

이영철은 거기에 적혀 있는 대로 튜닝을 맞추어보았다.

'똑같진 않아도 얼추 비슷하네.'

이내 악보를 보면서 현일의 연주도 들어보고 기타를 연습했다.

'진짜 별거 없는데……'

분명 악보가 쉬운 편은 아니다.

그러나 어느 정도만 연습하면 못 칠 정도도 아니었다.

'근데 왜 저렇게 열광하는 거지?'

그는 연신 고개를 갸웃거렸다.

연주가 유별나게 어려운 것도 아니고, 특별한 애드리브가 있는 것도 아니었다.

악보에서 편곡가가 여러 번 고민한 흔적은 보였지만, 코멘트에 적혀 있는 것처럼 마음을 울리는 감성이 있는 것도 아니었다.

이 정도면 자신도 얼마든지 쓸 수 있는 곡이다.

그게 이영철의 생각이었다.

그는 대략 한 시간 정도 현일이 올린 곡을 모두 연주해 보고는 고개를 끄덕였다.

'대충 연습은 이 정도만 하면 될 것 같네.'

✲　　　✲　　　✲

리얼리티 드래곤즈의 연습실.

알렉스가 함박웃음을 지어보였다.

'거의 다 넘어왔다.'

그때, 다시금 이성호의 전화기가 울렸다.

액정에 떠 있는 이름에 그는 피식 헛웃음이 나왔다.

소니 뮤직에 속한 윌리엄 존스의 스케줄을 관리하는 담당
자였다.

붉은 버튼을 터치하고 주머니 속에 전화기를 찔러 넣었다.

"받으셔도 됐었는데요."

"신경 쓰시지 않아도 괜찮습니다. 스팸 전화였거든요."

또다시 같은 번호로 전화가 왔다.

그러자 알렉스는 자신의 기타를 집으며 이성호에게 손짓했
다.

"중요한 일이신 것 같은데 받으셔도 괜찮아요."

"예… 그럼 실례하겠습니다."

이성호는 가볍게 목례를 하고 베란다로 들어가 전화기를 귀
에 붙였다.

─카일 로스입니다. 방금 전화를 안 받으시던데, 바쁘신가
봅니다?

"예. 바쁘니까 용건만 간단히 하십쇼."

전화기 속 상대는 잠시 뜸을 들였다.

항상 저자세로 나오던 이성호의 목소리와 말투가 평소와는
사뭇 달랐기 때문이었다.

─윌리엄 씨가 SH 그랜드 페스티벌에 출연하겠다고 결정을
내리셨습니다. 빠르면 다음 주엔 한국에 도착할 수 있을 것
같습니다.

이성호는 목을 한차례 가다듬고 단호하게 대답했다.

"그렇게 일찍 안 오셔도 됩니다."

―하하하. 걱정하실 것 없습니다. 스케줄은 널널하게 비워 놨으니 한국에서 며칠 있을 겁니다. 푹 쉴 겸 시차 적응도 하면서 공연에 출연할 예정이거든요.

"그게 아니라, 우리 측에서 공연이 미뤄졌습니다."

―예? 갑자기 그게 무슨 소립니까?

"자세한 사정은 나중에 말씀드리겠습니다. 지금은 바빠서 이만."

―잠깐만요! 그쪽 때문에 취소한 스케줄도 있는데 이러시면 곤란……!

뚝.

이성호는 다소 사무적인 미소를 지으며 자리에 앉았다.

"별로 중요한 이야기가 아니었습니다. 시간만 뺏는 것 같아서 죄송합니다."

알렉스가 손사래를 쳤다.

"오, 아니에요. 그럴 수도 있죠."

"이해해 주셔서 감사합니다. 하여튼, 우리가 어디까지 얘기했었죠?"

"SH 엔터테인먼트에 그랜드 마스터가 있다고 하셨습니다."

알렉스의 눈이 일순 반짝인 것을 이성호는 놓치지 않았다.

단숨에 계약을 맺어야겠다는 생각이 들었다.

"아, 참. 그랬었죠. 무대에 대한 설명은 아까 들으셨고 더 말씀드릴 건 없습니다."

"네. 그 정도면 훌륭한 공연장이에요."

"다만, 그 친구가 지금 좀 바쁜 탓에 아쉽지만 미국으로 데려올 수는 없을 것 같군요. 만나게 해드릴 수는 있지만, 그러려면 직접 한국에 오셔야 할 겁니다."

이성호는 그렇게 말하며 자연스럽게 공연 계약서를 꺼냈다.

'설마 아무리 그래도 리얼리티 드래곤즈가 고작 기타리스트 한 명 만나겠다고 할 일 없이 한국에 오진 않겠지. 여기에 사인만 하면 뒷일은 어떻게든 수습할 수 있어.'

그게 이성호의 생각이었다.

하지만, 알렉스의 입에서 나오는 말은 예상 범위를 벗어났다.

"아뇨. 그를 만나는 게 먼저입니다."

"아, 꼭 지금 사인을 하란 뜻은 아니었습니다. 계약을 하기 전에, 충분히 법무팀과 상담도 하시고, 한국에 와서 미리 둘러보시는 것도 좋겠죠."

"공연장이나 계약서가 문제가 아닙니다. 그 기타리스트만 만나게 해주면 매해마다 SH의 스테이지에서 공연할 의향도 있습니다."

"음……."

이성호가 침음을 흘렸다.

'락커치고는 생각보다 신중한데.'

보통 락밴드는 기분에 따라 행동한다는 이미지가 많으니까.

물론 그런 것보다는 저토록 그 기타리스트를 만나고 싶어하는 알렉스가 이해되질 않았다.

그 기타리스트를 만나게 해준다고 덥썩 사인을 할 거라곤 생각하지 않았지만 답은 받아놓을 수 있을 거라고 여겼다.

그러나 그를 반드시 만나게 해줘야만 공연에 참가하겠다는 조건을 걸 줄은 몰랐다.

'기타 좀 잘 치는 게 뭐 어떻다고……'

음악에서 중요한 건 작곡과 다른 악기와의 조화다.

그저 기타 하나만 잘나서는 절대 훌륭한 밴드를 만들 수는 없다.

그게 이성호의 생각이었다.

"만약 이 달 내에 볼 수 있다면 내일 당장에라도 한국에 가겠습니다.

"좋습니다."

*　　　*　　　*

SH 엔터테인먼트.

SH 그랜드 페스티벌에 리얼리티 드래곤즈가 오든, 윌리엄 존스가 오든, 수익에 큰 차이가 있는 건 아니다.

어차피 둘 중 누구든 표는 대부분 팔릴 테니까.

하지만 마케팅에 차이가 있다.

누가 봐도 윌리엄 존스는 리얼리티 드래곤즈보다는 한 수 아래의 아티스트.

리얼리티 드래곤즈를 섭외함으로써 SH 그랜드 페스티벌은 이 정도 뮤지션들을 섭외할 만한 능력이 있음을 보여주는 것이 개막식의 핵심이었다.

그렇기 때문에, SH 엔터테인먼트 소속의 작곡가들은 한바탕 난리가 났다.

"여기 첫 번째로 올라온 악보입니다."

"오, 그래?"

이영철은 반색하며 기타를 잡고 연주해 보았다.

그러나 30초를 채 안 가서 기타를 놓았다.

"야! 넌 이딴 걸 악보라고 가져왔냐! 여기 이건 뭐야?!"

"브, 블루 노트… 인데요……?"

"누가 그걸 몰라서 물어?! 여기서 그걸 집어넣으니까 이 마디 하나가 곡의 전체적인 분위기를 흐트려 놓잖아! 얼른 다시 써오라고 해!"

"죄, 죄송합니다!"

"넌 주야장천 지미 헨드릭스 연주만 보고 있는다고 뭐가 나오냐? 그럴 시간에 얼른 음표 하나라도 더 찍어!"

"예, 옙!"

이영철 프로듀서의 지휘 아래에서 SH 소속의 작곡가와 편곡가들은 밤낮으로 머리를 맞대며 악보를 그리고 있었다.

최대한 일렉 기타의 매력을 살릴 수 있는 음악을 만들기 위해서.

이영철은 자리에서 일어나 직원들을 둘러보고는 외쳤다.

"지금부터 가장 좋은 악보를 쓰는 팀에겐 인센티브와 유급휴가, 그리고 메인 프로듀서로 올라설 수 있는 기회도 주겠다! 대표님의 지시니까 믿어도 좋다! 대신……."

그러자 직원들의 눈에 불꽃이 이글거렸다.

이영철은 잠시 뜸을 들이고는 말을 이었다.

"기획실 샌님들한테 졌다간 너들 다 각오해!"

*　　　　*　　　　*

기자회견.

"이번 달에 우리 회사에서 기타 콘테스트를 기획하게 되었습니다."

좌중의 눈이 휘둥그레졌다.

한창 SH 그랜드 페스티벌 기획으로 바쁜 마당에 뜬금없이 기타 콘테스트가 웬 말인가.

김 실장의 말은 이어졌다.

"홈페이지에 메인 배너를 걸고 각종 언론사에도 대대적으로 광고할 계획입니다. 궁극적인 목표는 숨어 있는 국내 최고의 기타리스트를 찾아내는 것입니다."

그는 수많은 카메라와 마이크 앞에서 위풍당당하게 외쳤다.

그러나 속으로는 한숨을 쉬고 있었다.

이성호로부터 국내 최정상 기타리스트를 어떻게든지 찾아보라는 지시를 받았지만, 그런 사람이 콘테스트 따위에 나올 리가 없다고 생각했다.

이미 일본이나 미국에서 한창 끗발을 날리고 있을 테니까.

"참여 자격은 전혀 없습니다. 기타를 배운 지 한 달도 안 된 사람도 좋습니다. 반대로 수십 년간 기타를 잡아온 노련한 어르신도 좋습니다. 다른 대회에 이미 참가하고 있는 사람이라도 상관없습니다. 자신이 기타의 천재라고 생각한다면, 기타에 일가견이 있다고 주위에서 한 번이라도 들어봤다면, 누구든지 콘테스트에 참여해 주시기 바랍니다."

김 실장은 단상 위에서 자신을 향해 꽂히는 수많은 시선들에 하나하나 눈길을 던져주었다.

여러 곳에서 플래쉬가 터져 나왔다.

"그럼 이제부터 질문을 받겠습니다."

"콘테스트는 언제 시작합니까?"

"일주일 후입니다. 내일 오전 여덟 시부터 저희 SH 홈페이지에 콘테스트 참가 신청란 게시판이 열릴 겁니다. 간단한 양

식과 함께 자신의 연주가 녹화된 동영상을 첨부해 주시면 자동으로 1차 예선에 응모가 됩니다."

그러자 좌중이 술렁거렸다.

동시에 질문이 빗발치기 시작했다.

김 실장은 질문이 있는 기자들은 손을 들게 하고 왼쪽부터 순서대로 답변을 해주었다.

"그런데 발표가 너무 늦은 것 아닙니까? 참여자들에게 연습할 시간이 있어야 할 텐데요?"

"이 콘테스트의 요지는 자신의 평소 실력을 보여주는 것입니다. 그런 대회에 연습할 시간 같은 건 필요 없지요."

"그래도 참여자들을 모을 시간이 있어야 할 텐데요?"

"콘테스트의 우승자에겐 5천만 원의 상금과 특별 상품이 있습니다."

그것만으로도 충분했다.

5천만 원.

밴드 뮤지션의 입지가 매우 좁은 한국에서, 기타리스트들에게 그 돈이 가지는 파워는 실로 어마어마하다.

모집자의 수는 해결했지만, 아직 문제가 남아 있었다.

"참여자가 많아도 문제 아닙니까? 일주일 동안 심사가 가능은 합니까?"

"최대한 공정하게 심사할 것입니다."

"그랜드 페스티벌은 어떻게 되나요!"

"조금 연기하게 되었습니다. 그럼 질문은 여기까지만 받겠습니다."

"잠깐만요! 기타 콘테스트는 언제 끝나죠!"

"갑자기 기타 콘테스트를 여는 이유가 뭡니까!"

"샤이 보이즈의 앨범 진행 상황은……."

*　　　　*　　　　*

GCM 엔터테인먼트.

현일은 신시사이저 앞에 앉아 기타를 만지작거렸다.

'내 연주가 진짜 지미 헨드릭스랑 비슷한가?'

왜인지는 모르겠으나 BCMC의 유저들은 그렇다고 하는데 정작 자신의 귀엔 크게 비슷한 것 같지가 않았다.

'성재 형에게 물어볼까.'

팀 3D의 작업실로 가기 위해 자리에서 일어났다.

그때, 노크 소리가 들려왔다.

"사장님, 저예요."

김수영이었다.

"들어와."

"사장님. 이제 성아영 가르치는 거 그만하면 안 돼요?"

"왜?"

"이제 더는 가르칠 게 없어요."

"그래?"

"맥시드 데뷔곡부터 나중에 나올 신곡 안무까지 다 가르쳤는데, 솔직히 저보다 잘하는 것 같아요. 완전 질투 날 정도에요."

현일은 한동안 성아영을 잊고 있었다는 것을 떠올렸다.

반대로 생각하면 이젠 현일이 없어도 회사가 잘 돌아간다는 방증이었다.

'생각보다 훨씬 빠르게 성장하는 것 같은데.'

한 번 성아영의 프로필을 체크해 볼 필요가 있겠다는 생각이 들었다.

"알았어. 이제 그만해도 좋아."

"휴……."

현일의 허락에 그녀가 가슴을 쓸어내렸다.

"그래도 많이 친해진 것 같더라? 아영이랑 너."

"원래 서로 살 부대끼면 금방 친해지잖아요."

"다행이네."

"왜요?"

김수영은 고개를 갸웃거렸다.

"넌 마음을 여는데 익숙하지 않은 사람인 줄 알았거든."

"맞아요. 처음엔 맥시드 멤버들이랑 친해지는 데도 오래 걸렸어요."

"나중에 회사가 크면 신입들이랑 잘 친해져야 할 거야. 아무튼 볼일 다 봤으면 얼른 가."

"네. 수고하세요."

현일은 그녀의 뒤를 보며 중얼거렸다.

"애늙은이 같은 녀석……."

＊　　　＊　　　＊

어느 밴드 음악 클럽.

짝짝짝.

관객들의 영혼 없는 박수 소리가 들려왔다.

회사는 고사하고, 소속된 밴드조차 없이 여러 소규모 클럽에 세션 맨으로 뛴 지 어언 10년이 흘렀다.

매일 피나는 노력에도 불구하고 불러주는 곳이라곤 허름한 밤무대뿐인 고달픈 삶을 살아가는 김경현이었다.

그런 그에게 본인과 비슷한 신세인 세션 드러머가 찾아왔다.

"너 아직도 이런 데서 세션이나 뛰고 있었어?"

"비꼬려고 온 거냐? 너도 나랑 똑같은 처지인 주제에."

둘은 꽤 오래전부터 알고 지낸 듯 허물없는 대화를 이어나갔다.

"아니. 좋은 소식 하나 알려주려고 왔지."

"뮤직 홀릭이라면 이미 거절한 지 오래다. 거기 매니저가 마음에 안 들어."

"그런 거 아냐. 물론 네가 뮤직 홀릭에 초청받은 건 대단한 행운이긴 한데. 어쨌든 SH 기타 콘테스트라고 들어는 봤냐?"

"아니. 뭐야, 그게?"

"아직도 모르고 있었어? SH 엔터테인먼트에서 주최한 기타 콘테스트인데, 너 거기 한번 나가봐라."

"뭐? 내가 개쪽당하는 게 그렇게 보고 싶냐 너는?"

"그냥 가만히 들어나 봐. 이건 아는 사람한테 들은 정보인데, 요새 SH에서 기타용 악보를 만든다고 혈안이라 하더라고."

"나, 참. 여태껏 아이돌 가수나 양산하던 기업이 웬 바람이 불었다고."

"그러니까 SH의 눈이 트인 거지! 드디어 한국에도 락 밴드의 시대가 오는 거라고! 경현이 너 기타 좀 치잖아. 한번 나가 보는 게 어때?"

"됐다, 인마. 나 통기타는 치지 않는 거 모르냐. 어렸을 때부터 일렉 기타만 잡았어."

"그러니까 추천하는 거지! 이번 SH 콘테스트는 일렉 기타야!"

"진짜로?"

"그럼 쓸데없이 거짓말하겠냐? 우승 상금도 무려 5천만 원이란다! 그거면 네가 그렇게 갖고 싶어 했던 기타도 사고, 장비도 멋들어진 걸로 구입해서 네가 밴드 하나 만들어봐."

"흠… 손해 볼 것도 없는데, 참가해 볼까?"

＊　　　＊　　　＊

어느 인터넷 카페.

―SH 기타 콘테스트의 우승자는 그 즉시 SH와 계약할 수 있으며 회사 차원에서 전폭적으로 지원을 아끼지 않는다고 합니다. 그냥 상금만 받아먹고 튀어도 되니 여러분들도 어서 등록하시고 여러분들의 실력을 마음껏 뽐내보시길! 흫흫.

―오! 좋은 정보 감사합니다! 얼른 등록하러 가겠습니다!

―전 기사 났을 때 바로 등록했습니다.

―전 태어날 때부터 등록했었습니다.

―저도…….

―윗분들 쓸데없이 시간 낭비 안 하셔도 돼요. 바로 여기에 한국의 에릭 클랩튼이 나타났으니까요.

―윗분이야말로 지난번 그리니티 기타 콘테스트에서 예선 탈락하신 분 아님? 아이디가 똑같은데.

―에릭 클랩튼이고 뭐고, 애초에 저런 건 다 짜고 치는 고스톱입니다. 진짜가 나타나도 우승 못해요. SH가 뭐 그런 일이 한두 번인가.

이렇듯 밴드 뮤지션들 사이에서는 SH의 기타 콘테스트가 가장 핫 이슈였다.

＊　　　＊　　　＊

SH 엔터테인먼트.

"예상보다 신청자 수가 엄청난데요?"

"그러게요. 이 속도면 금방 천 명에 도달할 것 같아요. 겨우 일주일로는 심사를 다 할 수 없을 거예요, 실장님."

그러자 김 실장은 이영철 프로듀서의 선언과 비슷한 포상을 직원들에게 읊어주었다.

이내 부하 직원들은 잠깐 동안 열정에 불타올랐으나, 퇴근 시간이 되어가자 하나둘 힘이 빠지기 시작했다.

"실장님. 아무래도 영상을 모두 시청하는 건 힘들 것 같습니다. 대략 30초 정도만 심사를 하고 되도록 깨끗한 음질로 업로드 된 것만 보는 게……"

"안 된다. 무조건 하나하나 다 클릭해서 끝까지 봐."

"하지만 이미 마케팅팀의 대부분 인력이 모두 심사를 하는 데 투입되고 있습니다. 그런데도 페이지가 갱신되는 속도가 더 빠른 상황입니다."

"첫날이라 그런 거야. 내일부턴 많이 줄어들 거다."

"그래도 이 속도면……"

"그럼 야근해."

"시, 실장님……"

"나도 내 자리에 앉아 있겠다."

그러자 직원도 말을 잇지 못했다.

김 실장은 자리에 앉아 게시판을 모니터링하기 시작했다.

그렇게 하루하루 시간이 흘렀지만, 아무리 두 눈을 번쩍 뜨고 지켜봐도 그랜드 마스터와 비슷한 연주를 구사하는 기타리스트는 도무지 나타나질 않았다.

일주일이 흘러도 말이다.

결국 1차 예선은 연장되기에 이르렀고, SH 그랜드 페스티벌 또한 당연히 재 연기되었다.

김 실장과 이영철은 이성호에게 불려갔다.

"김 실장."

"예, 사장님."

"벌써 2차 예선이 열려야 할 날이 다가오고 있는데, 아직도 100명을 추려내지 못한 건가?"

"죄송합니다."

이성호는 고개를 저으며 이영철을 봤다.

"이 PD는 고작 악보 하나 만드는데 왜 그리 오래 걸리는 거지?"

"그게… 그랜드 마스터의 연주는 상당히 독특합니다. 처음엔 저도 별거 없는 줄 알았는데, 여러 번 듣고, 또 카피를 하다 보니 뭔가를 깨달았습니다."

"그게 뭔가?!"

이성호는 어둠 속에서 한 줄기 희망을 찾아낸 것만 같은 눈빛을 내뿜었다.

"그 사람의 기타 플레이는 악보로 표현할 수 없다는 것을 요."

그렇게 말하는 이영철은 더없이 진지했다.

그리고 이성호도 마찬가지였다.

"지금 장난해?! 그걸 지금 말이라고 하는 거야?!"

"장난이 아니에요. 기타의 현란한 특수 주법이 예사롭지가 않아요. 특히 1번 줄로 피드백 사운드를 일으켰을 땐 저도 두 손 두 발 다 들었다구요."

"그래서?"

"밑에 애들이랑 같이해 봤는데, 세 명이서 같이 연주해야 겨우 따라갑디다. 기타에 한해선 정말 '그랜드 마스터'라는 이름이 전혀 손색이 없는 것 같더라고요."

"그러니까 그걸 어떻게든 해보라는 거 아니야 지금!"

이미 이영철이라는 차선책은 물건너 간 듯 싶었다.

이성호는 크게 한숨을 쉬고 앞의 둘을 차례대로 보고는 소리쳤다.

"안 된다, 죄송하다, 말만 하지 말고 어떻게 방법을 찾아보란 말이야 둘 다! 윽……!"

이성호는 엄습해 오는 통증에 신음하며 머리를 움켜쥐었다.

그는 손을 휘저으며 둘에게 축객령을 내렸다.

"얼른 가서 일들 봐."

"알겠습니다."

"예."

이내 두 사람이 사라지자, 이성호는 서랍에서 진통제를 두 알 꺼내 잽싸게 삼켰다.

"하······."

곧 리얼리티 드래곤즈가 한국에 방문할 날이 코앞으로 다가오고 있었다.

그때 어떻게 해서든지 그랜드 마스터를 찾아내거나, 아니면 그와 비슷한 기타리스트를 섭외해야만 한다.

'그런데 아직도 진전이 없다니!'

그는 애꿎은 테이블을 내려쳤다.

안 그래도 연기된 SH 그랜드 페스티벌 때문에 윌리엄 존스 팬들의 성화가 날로 커져만 갔다.

이미 티켓을 환불하겠다는 민원이 빗발쳤다.

많으면 하루에 백 개가 넘을 정도로 말이다.

그럴수록 편두통이 그의 스트레스를 돋우었다.

한편, 김 실장이 기획실에 들어서자 어둡고 칙칙한 분위기가 엄습했다.

기획실의 직원들은 다크서클이 턱밑까지 내려온 지 오래였다.

마치 좀비들이 컴퓨터를 하고 있는 것 같은 모습.

그런 와중에도 김 실장은 묵묵히 맡은 일에 집중하고 있었다.

하루 종일 같은 짓을 반복하던 그의 눈에 문득 참가자 한 명이 눈에 띄었다.

김경현.

다른 참가자에 비해 유달리 조회수가 낮았다.

사람들이 별로 흥미를 가지지 않았다는 증거였지만, 김 실장의 생각은 달랐다.

SH 기타 콘테스트의 표면적인 의의는 물론 실력 있는 기타리스트를 찾는 것이었으나 우승자가 될 사람은 따로 있었다.

바로 BCMC의 그랜드 마스터라는 인물에 가장 가까운 사람을 찾는 거였다.

김 실장의 눈이 일순 번뜩였다.

그는 곧바로 김경현의 프로필을 메모해 두었다.

*　　　　*　　　　*

"김경현! 어떻게 됐냐? 오늘 1차 예선 발표하는 날이라며? 통과했어?"

기자회견에서 일주일 안에 끝내겠다는 호언장담에도 불구하고, 몇 번의 연장 끝에야 마침내 1차 예선이 끝났다.

"모르겠다."

"전화 안 했어?"

"됐어. 조회수도 적고 댓글도 없고. 보나마나 탈락이겠지 뭐."

"그러냐⋯⋯. 에휴, 하는 것마다 되는 일이 없구만. 술이나 마시자. 내가 삼겹살 살 테니까."

"고맙다."

그 뒤로는 불판 주위에서 언제나 그랬듯 의미 없는 대화들이 오갔다.

대략 9시쯤이 되자, 김경현에게 한 통의 전화가 걸려왔다.

드러머가 지나가듯 물었다.

"누구야?"

"모르는 번혼데?"

"받아봐. 콘테스트 거기 전화일지도 모르잖아."

"그럴 리가."

김경현은 코웃음을 쳤다.

SH의 기타 콘테스트는 ARS로 합격자를 알려준다.

그러나 김경현은 전화를 걸어볼 생각조차 들지 않았다.

어차피 탈락일 텐데 그걸 굳이 전화까지 해서 들어야 할 필요는 없지 않은가.

그럼에도 계속되는 드러머의 재촉에 결국 그는 전화를 받았다.

"여보세요?"

―전화 받으시는 분이 김경현 씨 맞습니까?

"맞는데요. 누구시죠?"

―SH 엔터테인먼트의 기획실장입니다.

"그런 분이 저한테 무슨 볼일이 있으신지?"

―다름이 아니라, 콘테스트 건으로 연락드렸습니다. 바로 내일이 2차 예선이신데, 아직 결과 확인을 하지 않으신 것 같아서요.

"그, 그렇다는 말은……."

김경현의 손과 말투는 살짝 떨리고 있었다.

상황 파악이 된 것인지, 앞의 드러머 또한 숨죽인 채 둘의 대화에 집중하고 있었다.

―네, 합격이십니다. 내일 저희 본사로 오셔서 2차 예선을 보시면 됩니다. 혹시 예선을 안 보실 건가 해서 전화드린 겁니다.

"아니요! 갑니다! 무조건 가요!"

―그럼 내일 오후 두 시에 뵙겠습니다.

"예!"

＊　　　　　＊　　　　　＊

이성호는 테이블 위에서 울리는 전화기를 받았다.

"SH의 이성호입니다."

─윌리엄 존스입니다. 잠시 뵙죠.

"이미 말씀드렸지 않았습니까. 미국에 갈 시간이 없습니다.

─예, 그래서 제가 직접 찾아왔습니다.

"......."

─설마 한국까지 왔는데 쫓아내진 않으시겠죠?

"들어오십쇼."

그렇게 5분 정도가 지났을 쯤, 문 너머로 노크 소리가 들려왔다.

이윽고 또렷한 이목구비를 가진 금발의 사내가 경호원과 함께 이성호의 집무실에 들어섰다.

윌리엄 존스가 성큼 다가와 소파에 앉았다.

그는 불편한 기색을 숨기지 않으며 입을 열었다.

"그 SH 그랜드 페스티벌이란 건, 열리기는 하는 겁니까?"

"이미 몇 번이고 말씀 드렸지 않았습니까. 무조건 열릴 겁니다. 다만 그 시기가 조금 늦춰졌을 뿐입니다."

"이상하군요. 그 '조금'이 '많이'가 된 지 오래인 것 같은데요."

"원래 큰일이라는 게 여러 변수가 있는 법이니 말입니다."

"그럴 수도 있죠. 하지만 그 변수가 저한테 영향을 끼치는 일은 없었으면 좋겠습니다."

"괜한 걱정을 하시는군. 이제 더 이상 공연을 미루는 일은 없을 겁니다."

"최근에 뜬금없이 웬 희한한 콘테스트를 여시던데… 그거랑 관련 있는 일은 아니겠죠?"

윌리엄 존스의 눈매가 가늘어졌다.

이성호는 코웃음을 쳤다.

"그거랑 관련이 있든 없든 그쪽이랑 무슨 상관인지 모르겠습니다."

"물론 있습니다. 굳이 지금 하지 않아도 될 일 때문에 저의 돈과 시간을 낭비하게 만드신 거라면 그 대가는 크게 치러야 할 겁니다."

＊　　＊　　＊

인천국제공항.

"앞으로 절대 SH와는 일을 같이하지 말아야겠습니다."

"동감입니다."

윌리엄 존스는 인상을 찌푸리고 본인의 매니저와 SH에 대한 험담을 나누었다.

결국 그는 SH 그랜드 페스티벌에 출연하지 않기로 결정했다.

앞으로도 영원히.

그런데, 얼마가 지났을 때쯤 윌리엄은 익숙한 얼굴을 마주쳤다.

"알렉스? 너야? 알렉스 베네딕트?"

"어? 윌리엄? 여기서 널 볼 줄은 몰랐는데?"

"여기엔 웬일이야?"

"누굴 좀 만나러 왔지."

"그래? 한국에 아는 사람이 있었어?"

"아니, 이제 알려고 온 거야."

"……?"

멤버들과 우여곡절이 있었지만, 알렉스는 혼자서라도 그 기타리스트를 만나야겠다고 고집을 부려 온 것이었다.

"하여튼 너야말로 여긴 무슨 일이야?"

"무슨 일이긴 일 때문에 왔지."

윌리엄의 대답에 알렉스는 의아한 표정이 되었다.

"공연? 벌써 마치고 돌아가는 거야? 너 한국에서 공연한다는 얘기 못 들었는데?"

"하려고 했었는데, 파투 났어."

"왜?"

"원래 지금쯤이면 공연이 열리고 있어야 되는데 주최 측에서 마음대로 공연을 연기했거든. 그래서 이제 거기랑은 절대 일 안 할 거야."

알렉스는 어이가 없었다.

지금이야 윌리엄이 빌보드 스타는 아닐지 몰라도, 머지않아 그렇게 될 터였다.

특히나 알렉스는 그가 준비하고 있는 노래를 들어봤기에

더 확신할 수 있었다.

한데 그런 가수를 내친다는 건 바보가 아니고서야 할 짓이 아니라고 생각했다.

"허… 너한테 그런 식으로 대접을 하는 업체가 있어? 거기가 어딘데?"

"SH 엔터테인먼트. 혹시 너희들한테도 섭외 들어오면 단칼에 거절해 버려. 지네들 마음대로 사람을 오라 가라 하는 회사니까. 방금 거기 사장이랑 담판 짓고 왔어."

"설마 SH 그랜드 페스티벌 거기?"

"맞아."

"어? 우리도 거기……."

알렉스는 하려던 말을 삼키며 미간을 좁혔다.

SH 그랜드 페스티벌의 공연 일정을 미뤘다는 소식은 리얼리티 드래곤즈도 들어서 알고 있었다.

하지만 그 이유에 대해서는 몰랐다.

그냥 그런가보다 했을 뿐.

그러나 이젠 알 것 같았다.

'우리를 섭외하려고 윌리엄 존스를 내친 거구나!'

이성호 사장은 꿈에도 몰랐었겠지만, 리얼리티 드래곤즈와 윌리엄 존스는 꽤나 친한 사이였다.

그런데, 리얼리티 드래곤즈를 초청할 기회가 생겼다고 그들의 친구를 내쳐 버리는 SH가 곱게 보일 리가 없는 것은 당연지사였다.

"왜 말을 하다 말아?"

"아, 아무것도 아냐. 그래서 이제 미국으로 돌아가려고?"

"어. 이왕 이렇게 된 김에 차라리 1분기 공연은 쉬고 다음 음반 작업이나 들어가려고."

"그래. 잘 생각했다. 근데 한국은 어때? 나도 처음 와봐서."

"그냥 뭐… 산 많고 건물 촘촘하고 그 외에는 딱히 별생각 안 드는데?"

"그런가."

"아, 어딜 가도 와이파이가 끊기지 않는 건 되게 좋더라. 인터넷도 엄청 빠르고."

"진짜?"

"응."

주위를 두리번거리던 윌리엄이 의아한 표정으로 물었다.

"그나저나 다른 멤버들이 안 보인다?"

"당연하지. 나 혼자 왔으니까."

결국 알렉스는 그랜드 마스터에 대한 호기심을 도저히 억누르지 못했다.

이성호는 기다리라고 했지만, 한시도 기다릴 수가 없었다.

"뭐? 왜? 여행이라도 하려고?"

"아니. 만날 사람이 있다니까."

"리얼리티 드래곤즈의 알렉스가 직접 만나기 위해 한국까지

올 사람이라… 누군지 궁금한데. 얼마나 대단한 사람일지."

"대단한 정도가 아니야. 레전드라고 레전드!"

"대체 누군데 그래?"

"만나보고 나서 알려줄게."

*　　　　*　　　　*

SH 엔터테인먼트.

"다음!"

어디서나 볼 수 있을 법한 시시콜콜한 연주를 들은 김 실장은 무미건조하게 다음 참가자를 불렀다.

뒤이어 나타난 참가자를 본 김 실장이 눈이 일순 번뜩였다.

깁슨 기타를 들고 나타난 참가자가 자신을 소개했다.

"김경현입니다."

"반갑습니다, 김경현 씨. 이 콘테스트에 참가한 계기가 뭡니까?"

"친구의 소개로 알게 됐습니다. 그냥 붙으면 좋고, 아니면 말고라는 심정으로 참가했는데, 운 좋게도 1차는 합격했네요."

"프로필을 보니 음악과 관련한 어떤 활동도 기록이 되어 있지 않는데, 기타는 취미로 하시나봅니다."

"네."

김 실장은 고개를 끄덕였다.

물론 소소한 무대의 세션 맨으로 뛰는 것도 경력이라면 경력이겠지만, 김경현은 번듯한 밴드 하나 없는 자신의 이력이 내심 민망해서 프로필에 적지 않은 것이었다.

"그럼 따로 하시는 일이 있겠군요? 1차 예선을 심사할 때, 김경현 씨의 연주가 상당히 인상 깊었습니다. 왜 정식으로 데뷔를 하지 않았는지 궁금합니다. 따로 하시는 일이 있기 때문입니까?"

"네, 뭐… 그렇죠……."

김경현은 떨떠름한 말투로 긍정했다.

사실 직업 같은 건 없었으니까.

"만약 김경현 씨가 우승자로 뽑히면 우리 회사와 계약할 기회가 주어질 겁니다. 그때에는 어떻게 하실 건가요?"

"계약할 겁니다."

어차피 하는 일도 없고, 하겠다고 말해야 조금이라도 가산점이 붙지 않을까 하는 마음에서 일말의 망설임도 없이 대답했다.

김 실장은 슬며시 미소를 지었다.

"알겠습니다. 그럼 이제 시작해 주세요."

김경현은 참으로 오래간만에 느끼는 긴장감이라고 생각하며 기타를 고쳐 잡았다.

군데군데 난 흠집과 빛바랜 색이 10년이라는 세월을 자신과 함께한 기타라는 것을 상기시켜 주었다.

'그래… 10년 동안 기타만 잡았다. 내 전력을 보여줘야만 한다.'

그로서는 천재일우의 기회였다.

한국의 내로라하는 메이저 기획사와 계약할 수 있는 기회가 온 것이다.

밴드 뮤지션에게 그런 기회는 인생에서 여러 번 오는 것이 절대 아니었다.

지금 놓치면, 두 번 다시 영영 없을지도 모른다.

김경현은 그런 각오로 혼신의 힘을 다해 기타 줄을 튕겼다.

*   *   *

GCM 엔터테인먼트.

어느 날, 성아영이 현일의 작업실에 찾아왔다.

"작곡가님. 저 궁금한 게 있는데요."

"뭔데?"

"저는 언제 데뷔할 수 있나요?"

현일은 성아영의 프로필을 보았다.

'대부분의 항목이 에픽 등급까지 올랐네. 역시 엄청난 성장속도다.'

물론 이 상태로 바로 데뷔를 해도 상당한 인기를 끌겠지만,

현일은 좀 더 묵혀둬야겠다는 생각이 들었다.

맛있는 음식은 나중에 먹어야 그 맛을 최고로 느낄 수 있으니까.

"음… 좀 더 기다려야겠는데."

"얼마나요?"

"빠르면 2분기에도 가능할 것 같긴 한데, 어쩌면 내년까지 기다려야 될지도 몰라."

그녀의 얼굴이 대번에 시무룩한 표정이 되었다.

처음부터 금방 될 거라곤 생각하지 않았지만 막상 직접 들으니 서운해지는 건 어쩔 수 없었다.

현일은 피식 웃으며 물었다.

"빨리 데뷔하고 싶어?"

"네……."

"왜?"

"…불안해서요."

"왜 불안하지?"

"이 회사의 선배 가수들은 전부 성공하셨잖아요. 그런데 저만 그저 그런 연습생으로 남게 될 것 같아서요."

현일은 그녀의 퍼포먼스 등급이 아직 레어에 머물러 있는 것에 대해 생각했다.

퍼포먼스는 모든 항목 중 거의 유일하게 연습으론 잘 오르지 않는 항목이었다.

'모든 항목의 등급이 비슷하게 올라야 효율이 좋아.'

퍼포먼스가 실전을 경험해야 오른다는 건 이제까지의 GCM 가수들을 통해 확인한 사실이었다.

어떻게 해야 그녀의 등급을 올려줄 수 있을까 곰곰이 생각하던 현일이 무언가를 떠올리고는 입을 열었다.

"그럼 백댄서는 어때?"

"백댄서요? 누구의……?"

"맥시드. 신곡 컨셉이 치어리더라서 이번엔 백댄서를 추가할 생각이거든. 거기에 네가 서볼래?"

성아영의 눈이 반짝거렸다.

존경해 마지않는 그룹과 같은 회사인 것도 모자라, 그녀들의 백댄서로 설 수 있다고 생각하니 마치 꿈을 꾸는 것만 같았다.

그녀는 세차게 고개를 끄덕였다.

"네! 할래요! 아니, 하게 해주세요!"

*　　　*　　　*

"오, very very 캄사합늬다."

어찌저찌 바디 랭귀지와, 공항에서 구입한 사전으로 배운 어눌한 한국어로 행인에게 물어물어 SH 엔터테인먼트의 사옥에 도착한 알렉스 베네딕트.

'이곳이 말로만 듣던 한국 제일의 레이블인가.'

그래봐야 바로 옆 나라인 일본에만 가도 이름을 아는 사람이 별로 없는 회사였다.

그러나 이해했다.

대놓고 길을 걸어도 자신의 얼굴을 알아보는 이가 없는 것도 마찬가지니까.

'뭐, 외국이니까.'

하기야 리얼리티 드래곤즈의 멤버가 혼자서 비행기를 타고 날아와 대낮에 길거리를 돌아다닐 거라고 누가 상상이나 하겠는가.

그것도 얼굴도 이름도 모르는 사람을 보기 위해서 말이다.

하여튼, 이곳에 오게 된 것이 썩 기분이 좋지만은 않은 그였다.

어째서인지는 몰라도, SH가 계속해서 그랜드 마스터와의 만남을 미루는 게 의심스러웠다.

보통 약속을 미루는 사람은 결국 안 지키는 일이 많으니까.

윌리엄의 문제도 있고 말이다.

그런 생각을 하며 발걸음을 옮겼다.

이윽고 안내 데스크에 도착한 알렉스는 안내원에게 말을 걸었다.

다행히 안내원은 간단한 회화 영어를 할 줄 아는 모양이었다.

"무엇을 도와드릴까요?"

"이성호 사장을 보러 왔습니다."

그러자 안내원은 알렉스를 한차례 위아래로 훑어보았다.

약간 후줄근한 후드 티와 청바지.

평소 알렉스가 공연할 때도 입는 캐주얼한 복장이었지만 안내원의 눈에는 그냥 평범한 사람 그 이상도 이하도 아니었다.

"누구시죠?"

"알렉스 베네딕트라고 전하시면 알 겁니다."

"사장님과 약속을 하신 건가요?"

"아니요, 그냥 제가 찾아온 겁니다."

안내원은 인상을 찌푸렸다.

가끔씩 이런 사람들이 있었다.

SH에 불만이 있어서 사장에게 뭔가 한소리 하려고 온 사람이나, 소속 연예인을 보기 위해 관계자임을 사칭하며 오는 사생팬들 말이다.

직원은 알렉스가 둘 중 하나라고 생각했다.

외국인이라고 그런 짓을 하는 게 없는 일은 아니었으니까.

"사장님은 부재중이십니다."

"그래요? 어디 갔는데요?"

"사장님께서는 오늘 스케줄이 있어 아침부터 다른 지역으로 출장 가셨습니다."

안내원은 최대한 자연스럽게 둘러댔지만, 알렉스에겐 통하지 않았다.

"그럴 리가요? 제 친구가 방금 여기 사장을 만나고 왔다는데요?"

"어느 친구분이요?"

"윌리엄 존스예요."

"……."

분명 윌리엄 존스가 이곳을 왔다간 것도, 이성호가 회사에 있는 것도 사실이지만 안내원은 눈앞의 사람이 하는 말을 믿을 수 없었다.

갑자기 윌리엄 존스의 친구라는 작자가 나타나서는 사장을 만나게 해달라는 게 말이 되는가.

안내원은 단호하게 말했다.

"고객님, 사장님은 현재 부재중이십니다."

"정말입니다. 거짓말이라면 윌리엄이 방금 전 왔다간 걸 제가 어떻게 알겠습니까?"

'멀쩡하게 생긴 사람이 왜 이런대?'

안내원은 그가 파파라치겠거니 생각했다.

"지금 나가지 않으시면 경비원을 부르겠습니다."

"저 이상한 사람 아니에요. 리얼리티 드래곤즈의 알렉스 베네딕트라고 전해주시면 알 거예요."

"리얼리티 드래곤즈라고요?"

"예!"

"그게 뭔데요?"

"……."

이런저런 과정을 헤치고 알렉스는 이성호와 마주할 수 있었다.

경비원을 부르겠다는 안내원에게 인터넷에서 리얼리티 드래곤즈를 찾아서 보여주고 나서야 그들이 어떤 밴드고, 알렉스가 어떤 사람인지 대략적으로 알아차렸다.

그리고 이성호 사장에게 연락이 닿은 것이다.

알렉스 베네딕트가 이곳에 왔다고 말이다.

"뭐? 그 양반이 여기 왜 있어?"

─그, 글쎄요?

안내원이 그 이유를 어찌 알겠는가.

이성호는 한 손으로 자신의 머리를 헝클어뜨렸다.

평소처럼 부재중이라고 내쫓을 수도 없는 사람인 데다, 그가 원하는 무언가를 만족시켜 주지 않으면 앞으로의 협력 관계에 있어서도 좋지 않은 일이 생길 거라는 건 불 보듯 뻔했다.

그는 한숨을 내쉬고 말했다.

"올라오라고 해. 정중히 모시고."

―알겠습니다. 사장님.

이윽고 SH 직원의 안내를 받으며 알렉스가 집무실에 올라왔다.

이성호는 입이 바싹 마르는 기분이었지만, 내색하진 않았다.

겉으로는 반색하며 알렉스를 자리에 앉혔다.

그가 이곳에 온 이유?

하나말고 더 있겠는가.

"어쩐 일이십니까? 한국에까지 직접 찾아오시고."

"아무래도 마냥 기다릴 수가 없더군요. 그랜드 마스터라는 사람을."

이성호는 마음속에 남아 있는 일말의 양심 한 톨이 뜨끔거렸다.

아직 기타 콘테스트가 끝나지도 않았고, 이영철은 아무리 봐도 영 아니었다.

대체할 만한 사람이 나타나질 않았다.

"아… 하하하하… 사실 그게 그 기타리스트가 말입니다……."

"예."

"지금 만날 수가 없는 상황입니다."

"…어째서죠?"

"아… 그게 지금……."

일말의 표정 변화 없이 거짓말을 하던 이성호는 커피를 일부러 천천히 삼켰다.

목 아래로 다 내려갔을 쯤 적당한 변명거리를 떠올릴 수 있었다.

"지금 고향에 내려가 있어서요."

"그렇군요. 아쉽게 됐네요."

알렉스는 허탈함을 숨기지 못하고 한숨을 크게 들이쉬었다가 내쉬었다.

이성호가 멋쩍게 헛기침을 했다.

"오시기 전에 미리 연락이라도 주셨으면 어떻게든 조치를 취했을 텐데……."

"이렇게 불쑥 찾아와서 죄송합니다. 제가 너무 들떠 있었나 봅니다."

"그럼 그 대신이라고 하긴 뭐하지만, 저희 회사의 사옥이라도 둘러보시는 건 어떻겠습니까?"

그 제안에 알렉스는 짐짓 고민했다.

사옥 관광?

어차피 할 것도 없는데 나쁘지야 않지만, 알렉스의 레이블인 유니버설 뮤직의 본사에 비하면 그리 특별한 것은 없었다.

그냥 한국 관광이나 하다가 돌아갈까 생각하던 알렉스의 머릿속에 무언가가 떠올랐다.

"SH에 기타 잘 치는 사람이 있나요?"

그 물음에 이성호는 한 명 떠오르는 사람이 있었지만, 이내 고개를 저었다.

"아마 알렉스 씨의 마음에 드는 사람은 없을 겁니다. 죄송합니다."

그에 알렉스는 짐짓 고민하고는 입을 열었다.

"지금 SH에서 기타 콘테스트를 열고 있다고 들었습니다."

*   *   *

호텔 아쿠아 팰리스.

아쿠아 팰리스는 푸른색 위주의 인테리어와 도배지가 매우 인상적인 호텔이었다.

"헐, 이거 좀 봐. 방 안에도 수족관이 있어."

방 안에 들어간 김수영의 감탄이었다.

객실 내부의 일부 벽은 그냥 단순한 벽이 아닌 수족관으로 연결되어 있었고, 그 안에는 수십 마리의 열대어가 돌아다니고 있었다.

"이게 바로 특 1급 호텔의 클래스구나."

민유림이 김수영의 말을 받았고 나머지가 고개를 끄덕였다.

그녀들은 느긋하게 주위를 둘러보다가 연신 감탄을 내뱉고는 이내 킹 사이즈 침대 위에 둘러앉았다.

"아쿠아 팰리스라서 그런가? 이불이랑 베개도 촉촉하고 시원한 것 같아."

온통 파란색으로 점철된 침구에서 뒹굴며 김채린이 큭큭 웃었다.

"근데 여기 진짜 특 1급 호텔 맞아? 아까 오면서 보니까 사람이 거의 없던데? 뷔페 먹기는 편하겠다."

"VIP 전용 루트로 왔으니까 그렇지."

"와, 우리도 이제 그런 클라스가 된 건가?"

"일반 루트로 왔으면 팬들한테 압사당했을 걸? 그리고 우리한테 뷔페나 먹고 있을 여유가 있을 리 없잖아."

결코 과언이 아니었다.

내일은 맥시드의 신곡 쇼케이스가 벌어지는 날이다.

호텔의 인력들은 맥시드의 행사를 준비하기 위해 투입되고 있었고 그녀들은 직원들로부터 극진한 대접을 받고 있었다.

물론 그 소식 또한 널리 퍼져 있었기에 호텔 앞에서 진을 치려하는 수많은 팬들을 제지하기 위해 경비원들이 힘을 쓰고 있었다.

"그런데 왜! 하필이면 이런 날에 블루 샤벳 그 애들이 와 있는 건데?!"

그랬다.

오늘은 이 호텔에서 블루 샤벳의 행사가 열리는 날이었다.

예전부터 비슷한 시기에 데뷔했고, 신곡 발표 시기도 겹치니 맥시드와 블루 샤벳은 의도치 않게 라이벌 구도가 형성되어 있었다.

특히나 그들과 사이가 안 좋은 김수영에게는 열이 받을 만한 일이었다.

"몰라. 낸들 알겠니?"

"이러다 팬들끼리 싸움이라도 나는 거 아니야?"

"으으… 난 극성팬을 싫어하는 연예인들이 이해가 안 갔는데, 직접 경험해 보니 완전 소름끼쳐."

그렇게 수다를 떨고 있는 맥시드에게 매니저가 찾아왔다.

백 실장이 사 온 주전부리를 바닥에 내려놓으며 입을 열었다.

"지금은 도착한 지 얼마 안 됐으니까 일단 편히 쉬도록 하고, 대신에 나중에라도 연습해 놔야 해."

"네~!"

그녀들이 동시에 환호하듯 대답했다.

그동안 얼마나 힘들었던가.

여기서 뛰고, 저기서 뛰고, 거기서 뛰고.

매일같이 발로 뛰어야 하는 고달픈 인생 속에서 간신히 찾은 휴식이었다.

하지만 이어지는 매니저의 말은 그녀들의 어깨를 축 늘어트리게 만드는 데 충분했다.

"블루 샤벳보다 호응이 떨어지면 절대 안 돼!"

"당연하죠! 그년들 코를 바짝 누를 거예요!"

김수영만 빼고 말이다.

"네가 제일 걱정이다. 김수영. 넌 절대 블루 샤벳이랑 가까이 접근하지 마!"

"네."

블루 샤벳의 셰리는 김수영과 치열한 신경전을 벌이고 있는 상태였다.

음악 프로그램부터 예능까지 모두.

민유림이 손을 들어 말했다.

"실장님. 연습은 언제부터 하면 되나요?"

"저녁에 아영이가 합류할 거니까, 아마 그때부터 하면 될 거야. 곧 데뷔할 아이니까 너희들이 잘 돌봐주고."

"네."

이윽고 매니저가 사라지자 그녀들은 공기가 탁 트이는 것 같았다.

"성아영 걔, 춤추는 거 봤어? 지금 우리 완전 위기야."

"왜?"

"새파란 후배가 우릴 제치고 올라갈지도 모른다니까?"

"그래서? 끌어내리자고?"

"얘는! 무슨 말을 그렇게 해."

"농담이야, 농담. 흐흐."

"지윤아. 너는 성아영 어떻게 생각해?"

민유림의 갑작스러운 질문에 놀란 한지윤의 눈이 동그래졌다.

"…좋은 후배라고 생각해."

"그게 다야?"

"어, 음… 예쁘고, 춤 잘 추고, 나보다 노래도 잘 하고, 언제나 자신감 넘치고, 또……."

"또 뭐?"

"치어리더 유니폼도 나보다 잘 어울려……."

한지윤이 고개를 떨구었다.

그러자 민유림이 그녀의 어깨를 툭 쳤다.

"에이, 우리 회사에서 너보다 의상 잘 어울리는 애가 어딨다고 그래?"

"…정말?"

"아니."

불쑥 김채린이 끼어들어 부정했다.

"……."

한지윤은 얼굴을 베개에 묻었다.

"넌 우리 회사가 아니라, 우리나라 아이돌 가수 중에서 제일 핏이 살지."

"…거짓말."

"어디 거짓말인지 아닌지 자각시켜 줄까? 흐흐흐."

"아, 아니……! 괜찮아!"

"사양하지 않아도 돼. 흐흐……."

침대에서 무슨 일이 벌어지든 말든, 김수영의 머릿속엔 아까 오면서 힐끔거렸던 VIP 전용 상가 층만이 가득했다.

"야, 야. 휴식이잖아! 우리 뭐할까?"

"당연히 쇼핑이지!"

그렇게 상가 층으로 직행했다.

그녀들은 알아보지 못했지만, 어차피 VIP 전용 출입 구역에는 최소 한 번쯤은 TV에 나오거나, 세계적으로 유명한 칼럼에 얼굴을 비춰본 경력이 있는 사람들이 대부분이었기에 연예인이라고 해서 귀찮아질 일은 없었다.

주위를 두리번거리던 김수영의 눈이 별안간 반짝 빛났다.

C와 리버스 C가 한데 겹쳐져 있는 문양을 간판에 걸어놓고 있는 매장이 보였으니까.

"난 잠깐 저기 좀 둘러볼게."

"나는?"

"너도 오든가."

"저건 너무 비싸잖아."

"그럼 내려가서 먹을 거라도 사오든지!"

"그건 이미 객실 안에 있잖아?"

"에이……! 알아서 해!"

종종걸음으로 매장에 들어서니 종업원이 배꼽 인사로 반겨주었다.

한참을 둘러보던 그녀가 드디어 물건 하나를 집었을 때였다.

"……?"

자신의 손 옆에 나란히 놓여 있는 반대쪽 손.

그 손의 주인이 짐짓 놀란 표정으로 가볍게 목례를 하며 말했다.

"어머! 설마 이런 데서 만나게 될 줄은 꿈에도 몰랐네요! 그동안 잘 지내셨어요?"

"구민정……."

"사석에선 상관없지만, 공적인 자리에선 예명으로 불러주시는 거 잊지는 않았겠죠? 그러다 편집당한 게 한두 번이 아니잖아요?"

"아~ 그건 기억나는데, 정작 네 예명은 기억이 안 난다? 유명하질 않아서."

"기억력이 나쁘네요? 셰리랍니다. 셰. 리."

"…개셰리?"

"셰리!"

"좋아, 기억할게. 개. 세. 리."

"아, 하하하… 카메라 앞에서도 그렇게 불러보시면 인정해 드리죠. 그나저나, 언제까지 이걸 잡고 있을 건가요?"

"내가 먼저 잡았거든?"

마침 딱 하나만 남아 있던 상품이었는데, 둘 중 누구도 양보할 마음은 없었다.

"그래도 기억력 나쁘고, 버르장머리 없고, 말귀도 못 알아먹는 '누구'와는 다른 제가 가져가야 이 아이도 기뻐하지 않을까요?"

김수영은 구민정을 위아래로 쭉 훑어보았다.

"야, 그거 알아?"

"뭘요?"

"무생물도 못생긴 년은 싫어해."

구민정의 인상이 급격히 찌그러졌다.

*　　　　　*　　　　　*

현일은 인터넷 기사를 보면서 속으로 고개를 끄덕였다.

그 기사엔 맥시드의 신곡에 대한 찬사와 함께, 뒤에서 돋보이는 성아영에 대한 언급이 몇 줄 적혀 있었다.

사실 언급 몇 줄 적어놓은 게 혹자는 별다른 효과가 없다고 하지만, 지금은 달랐다.

그도 그럴 것이, 성아영이 누구인가.

'스테이지의 지배자.'

그것이 그녀의 호칭이었다.

'이번에도 그렇게 될 거고.'

누가 쓴 기사인지, 읽는 이로 하여금 성아영을 주목하게 만들면서도 주인공인 맥시드에게서 관심을 떼지 않도록 그사이를 잘 조율하고 있었다.

덕분에 댓글도 성아영에 대한 대중의 관심과 맥시드에 대한 칭찬이 2 : 8 비율로 잘 조화를 이루고 있었다.

'일 잘하는 양반이네. 베테랑 기자인가?'

그런 생각을 하며 자리에서 일어나려는데, 현일의 전화기가 진동했다.

'백 실장?'

스마트폰 액정에 떠있는 연락처는 맥시드의 매니저의 것이었다.

'무슨 일이지?'

좋은 일은 아닌 것 같았다.

매니저에게서 직통으로 연락이 왔다는 건 그만큼 급하다는 뜻일 테니까.

현일은 통화 버튼을 터치하고 전화기를 귀에 붙였다.

"예, 무슨 일이십니까?"

─작곡가님! 여기 큰일 났습니다!

전화기 너머 백 실장의 목소리는 매우 다급하게 들렸다.

언뜻 주변에서 사람들이 웅성거리는 소리도 들렸고 또……

—꺄아아아악!

'……?!'

이맛살이 절로 찌푸려졌다.

누군가의 경악성이 들렸지만, 현일은 침착했다.

"차분히 얘기해 보세요."

—수영이랑 블루 샤벳 측이랑 충돌이 일어났습니다!

"잠깐만 기다려요!"

"돈도 없는 주제에 무슨 이런 걸 사겠다고 난리야!"

구민정이 빼액 소리를 질렀다.

그러자 김수영은 어이가 없다는 듯 팔짱을 낀 채 코웃음을 쳤다.

"웃기시네. 내가 한 달에 버는 돈이 니보다 배의 배의 배의 배는 될 텐데?"

서로를 날카롭게 응시하는 두 쌍의 눈 사이에서 스파크가 튀었다.

한정판 상품을 계산대 위에 올려놓은 점원은, 점점 격해지는 분위기에 어쩔 줄 몰라 하고 있었다.

"어어……? 어?!"

그러는 사이 호텔 경비의 연락을 받고 도착한 서로의 매니저가 둘을 뜯어말렸다.

"수영아! 지금 뭐하는 거야?"

"…칫."

백 실장이 버럭 소리를 질렀으나 김수영은 계속해서 몸부림을 쳤다.

반드시 끝장을 봐야지만 직성이 풀릴 기세처럼.

구민정이 눈살을 찌푸렸다.

"하, 참… 떼쓰는 것 좀 보게? 여태껏 저런 덜떨어진 년이랑 투닥거린 내가 바보지……."

"이게 보자보자 하니까……! 이익! 이거 놔요!"

"김수영! 이제 그만 좀 해!"

"싫어요! 저년이 방금……."

"꼭 대표님 귀에까지 들어가게 만들어야겠어?"

김수영이 콧방귀를 뀌었다.

"흥, 그러라고 하세요."

"그 대표님 말고."

"……."

백 실장의 말에 김수영은 화를 가라앉혔다.

그녀에게 현일은 별로 무섭지 않았지만, 한준석은 달랐다.

그는 좋은 사람이었고, 좋은 사업가였다.

그러나 마치 사람의 속까지 훤히 꿰뚫어보는 듯한 눈빛에, 부하 직원에게만큼은 엄중한 태도까지.

일부러 마주할 일을 만들고 싶지는 않았다.

구민정의 매니저도 그녀를 타일렀다.

"셰리 씨도 그만 자중하세요."

"저한테 이래라……! 크흠, 알겠어요."

매니저는 안도의 한숨을 내쉬며 이마에 흐르는 땀방울을 훔쳤다.

물론 나중에 객실로 돌아가면 그녀의 히스테리를 온몸으로 받아줘야 하겠지만.

백 실장과 구민정의 매니저, 이연호는 서로 무언가를 상의하고는 그녀들에게 다가갔다.

"사과해."

"왜요?"

"잘못했으니까!"

"전 아무것도……."

"자꾸 일 크게 만들 거야? 가뜩이나 다른 연예인들 스캔들이다 뭐다 파파라치들 때문에 난린데, 이러다 잘못 걸리면 어떡하려고 그래!"

김수영은 못마땅한 표정을 지었다.

"하아, 알았어요……. 대신!"

"대신?"

그녀는 한정판 상품을 가리키며 말을 이었다.

"저건 제 거예요."

그러자 백 실장이 인상을 잔뜩 찌푸리며 허리에 양손을 짚었다.

백 실장이 크게 열을 받을 때면 곧잘 보이곤 하는 제스쳐였다.

그리고 맥시드 멤버들 중에서 그러한 제스쳐를 가장 많이 보는 것 역시 김수영이었다.

하지만 그녀 또한 이것만은 양보할 수 없다는 듯 눈 하나 꿈쩍이지 않았다.

물론 구민정도 마찬가지였고.

＊   ＊   ＊

SH 기타 콘테스트 2차 예선 장면을 모니터링하고 있는 알렉스.

처음엔 한껏 기대감을 안고 시청했으나, 영상이 끝에 다다르자 그 실망감이 이루 말할 수가 없었다.

'여기엔 없는 건가……'

그렇다면 대체 어디에 있는 것일까.

'아니면 굳이 제 실력을 발휘하지 않은 건가?'

확실히 한 명 눈에 띄는 기타리스트가 있기는 했다.

어차피 이긴다면 굳이 열심히 할 필요는 없으니까.

'그렇다면 대단한 자신감인데… 하긴 정말로 그 사람이라면 그래도 되긴 하지. 오만함은 실력자의 권리이니까.'

세상에서 가장 기타를 잘 치는 사람인데 무엇에 걱정이 있으리.

'본선 때는 직접 볼 수 있게 해달라고 요청해 봐야겠어.'

바로 내일이면 SH 기타 콘테스트의 본선이 개최되는 날이다.

'과연 거기에 있을까?'

기대 따위는 한국에 온 뒤로 거의 식어버렸지만, 그래도 조금은 남아 있었다.

알렉스가 악보를 손에 쥐고 이런저런 생각을 하고 있을 때, 노크 소리가 들려왔다.

"룸서비스입니다."

"네."

VIP 객실이라서 그런지, 대부분의 룸서비스가 무료여서 참 편리하다고 생각하는 그였다.

"방 안의 소리가 밖으로 새어나가지는 않죠?"

"방음 처리가 잘 되어 있습니다. 그럴 일은 없으니 안심하셔도 됩니다."

"좋아요."

알렉스는 직원이 가져온 쿠키를 집어먹고, 기타를 만지작거리며 침대에서 뒹굴거렸다.

30분이 지났을 쯤이었다.

'심심하네……. 쇼핑이나 할까.'

각종 음악 장비도 판다고 들었다.

알렉스는 몸을 일으켜 VIP 매장으로 걸음을 옮겼다.

그곳에 들어서자, 10대쯤 되어 보이는 여자 둘이 한 상품을 두고 신경전을 벌이고 있었다.

알렉스는 절레절레 고개를 저으며 혀를 찼다.

'쯧쯧……'

알렉스는 그의 돈을 목적으로 다가오는 사람들을 많이 봐왔다.

레이블 관계자는 물론이고 (무늬만)친구, 사기꾼, 투자자 등등.

심지어 어떤 여자는 작정하고 스캔들이라도 한 번 터뜨려서 돈을 뜯어내려고 하는 경우도 주변에서 보았었다.

그렇기에 명품을 좋아하는 사람들이 별로 좋게 보이진 않았다.

보통 그런 부류들이 사치스러운 경우가 많았으니까.

'거참… 시끄럽군.'

점점 그녀들의 언성이 높아졌다.

그는 가까운 직원에게 말을 걸었다.

"이봐요."

"네, 고객님."

"저거 그냥 두고 볼 겁니까? 다른 사람들에게 피해가 되잖아요."

이 직원이라고 해서 그걸 모를 리가 있겠는가.

그러나 저 사람들이 이 호텔에서 어떤 인물인지 알기에 섣불리 일을 수습하지 못하고 있는 실정이었다.

괜히 건드렸다가 일이 틀어지기라도 하면 자기만 상사에게 깨질 테니까.

하지만 다른 VIP 고객의 민원이 들어오면 얘기가 달랐다.

"죄송합니다, 고객님. 즉시 경비를 부르도록 하겠습니다."

그러나 이미 상황은 늦었다.

짝!

하는 타격음이 여기까지 들려왔으니까.

'……?'

김수영의 볼이 발갛게 달아올랐다.

붉어진 뺨을 감싸 쥔 손에서 뜨뜻한 온기가 느껴졌다.

김수영이 이를 질끈 깨물었다.

눈물을 흘리거나 하지는 않았다.

아프다는 내색도 하지 않았다.

그저 구민정을 지긋이 노려볼 뿐이었다.

그 모습을 본 구민정은 전신에 소름이 돋았다.

'독한 년……'

때린 자신조차 손바닥이 화끈거려 인상이 찌푸려질 지경이었으니까.

매니저들은 잠시 현실을 인식하지 못하고 어안이 벙벙했다.

직원의 경악소리를 듣고 나서야 정신을 차렸다.

"수영아!"

"셰리… 씨……? 이, 이게 무슨……!"

"내가 저년을 확 그냥!"

"꺄아아아악!"

누군가와 전화를 하고 있는 백 실장을 제치고 김수영이 성큼 다가가 구민정의 머리채를 잡았다.

그리고 그 자리에서 시계 방향으로 회전하기 시작했다.

백 실장과 구민정의 매니저의 제지에도 아랑곳하지 않았다.

"수영 씨! 그만두지 않으시면 그쪽 소속사에 정식으로 항의하겠습니다!"

"웃기시네! 먼저 때린 게 누군데!"

"그, 그거야 그렇지만……."

"아악! 오빠! 뭘 납득하고 있… 컥! 빨리 이 미친년 좀 으아아아악! 어떻게 해달란 말이야아아아아아악!"

"제 몸에 손대면 성추행으로 고소할 거예요!"

김수영이 엄포를 놓자, 다가오던 구민정의 매니저가 발걸음을 망설였다.

구민정은 진즉에 매니저를 여자로 요구하지 않은 것을 후회했다.

그러면서도 계속해서 김수영의 손을 뿌리치려 애썼지만, 굳건한 김수영의 손은 꿈쩍도 하지 않았다.

백 실장이 합세했음에도 불구하고 역부족이었다.

"아아악! 지금 저 말을 믿어요? 얼른 도와달라고요!"

그제서야 구민정의 매니저도 가세했다.

셋이서 한 명을 떼어내는 건 어렵지 않았다.

덕분에 김수영은 바닥에 넘어졌지만, 두 손에 한 움큼씩 쥐어져 있는 머리카락을 보며 슬며시 입꼬리를 올렸다.

*   *   *

"헉! 대박 사건이다!"

자세한 전말은 모르지만, 현재 국내에서 가장 핫 하다고 할 수 있는 아이돌 그룹인 맥시드와 블루 샤벳의 셰리.

그 두 사람이 적의 가득한 시선으로 서로를 노려보고 있었다.

아니, 정확히는 김수영만 그랬고, 셰리는 주저앉아 울고 있었다.

사내는 잽싸게 카메라를 눈에 갖다 대고 셔터를 눌렀다.

'난 이제 돈방석이야! 으하하하하!'

이 사진만 갖다 주면 수천만 원쯤은 우습게 지불할 언론사가 지천에 널려 있다.

십 년 동안 파파라치 생활을 하며 얻은 노력의 결실이 지금 만개하고 있는 것이다.

'블루 샤벳의 셰리! 최대이자 최악의 라이벌, 맥시드의 김수영에게 빰따귀를 갈기다!'

내일 신문의 1면을 장식할 제목이 떠오르자 절로 어깨가 들썩였다.

그런데…….

"허어억……!"

파파라치는 누군가가 뒤에서 쿡쿡 찌르는 촉감에 깜짝 놀라 헛바람을 들이켰다.

"뭐하세요?"

"아, 아무것도 아닙니다. 그럼 이만."

그는 허겁지겁 카메라를 등 뒤로 숨기며 자리를 피하려 했으나…….

"잠깐 그것 좀 보여 줄래요?"

＊　　　＊　　　＊

현일은 쏜살같이 VIP 매장으로 달려왔다.

이미 상황은 파국 직전으로 치달은 상태였지만, 뒤늦게 도착한 호텔 경비들이 상황을 수습하고 있었다.

"아, 작곡가님!"

"어떤 일이 있었던 거죠? 백 실장."

"죄송합니다. 제가 진즉에 말렸어야 했는데……."

"그걸 알면서 일이 이 지경까지 되도록 가만히 놔뒀어요?"

"죄송합니다."

백 실장은 연신 고개를 숙였다.

이미 따끔하게 한소리 들을 각오는 되어 있었다.

여차하면 경력에 오점으로 남을지도 모른다.

하지만 다 감수할 생각이었다.

"제가 왔으니 다행이지, 한 대표님이 여기 왔으면 어쩔 뻔했어요?"

"……."

백 실장은 현일이 말하는 바를 깨달았다.

사과를 해야 할지, 아니면 고맙다고 해야 할지 갈피를 잡을 수가 없었다.

"하여튼 무슨 일인지 말씀을 해보세요."

"네, 그것이……."

자초지종을 들은 현일이 가만히 눈을 감았다.

이윽고 생각을 정리한 현일이 블루 샤벳의 소속사, 라임 엔터테인먼트의 치프 매니저를 호출하고 악수를 나눴다.

"GCM 엔터테인먼트의 작곡가인 최현일입니다."

"처음 뵙겠습니다. 라임 엔터의 치프 매니저인 채지환입니다."

"일의 전말은 들으셨죠?"

"물론입니다."

"단도직입적으로 말씀드리겠습니다. 그냥 서로 사과하고 좋게 끝냅시다. 일을 크게 만들 필요는 없죠."

"그건 힘들겠는데요?"

현일의 미간이 좁혀졌다.

채지환은 모자를 푹 눌러쓴 채 엉엉 울고 있는 구민정을 가리키며 말을 이었다.

"저 꼴을 보십쇼. 지금 정수리에 주먹만 한 땜빵이 생겼습니다. 당장 민정이가 잡혀 있는 스케줄을 죄다 취소해야 할 판인데, 아니, 적어도 몇 달은 일은 못할 텐데 그걸 사과만으로 끝내자고요?"

확실히 일리가 있는 말이었다.

어떻게 머리에 땜빵을 만들어 놓고서, 무슨 낯으로 카메라 앞에 나선다는 말인가.

그것도 아이돌 여가수가 말이다.

그렇기에 구민정의 울음은 더욱 커졌다.

"정말 그래도 후회 안 하시겠어요?"

현일은 주머니에서 카메라 필름 하나를 살짝 꺼내들며 슬며시 입꼬리를 올렸다.

'블러펑인가?'

채지환은 문득 그런 생각이 들었으나, 이내 속으로 부정했다.

금방 들킬 짓을 할 바보는 아닐 테니까.

그런 쓸데없는 추리보다는 안에 들어 있는 내용에 대해 한시라도 빨리 알아내는 게 훨씬 더 중요하다는 생각이 들었다.

그는 주위를 둘러보았다.

경비원, 블루 샤벳, 맥시드, 기타 고객들의 시선이 대부분 둘을 향하고 있었다.

"…잠시 둘만 따로 이야기하고 싶습니다만."

Chapter 5
아쿠아 팰리스 Ⅱ

아쿠아 팰리스 맥시드의 객실.

"지윤아."

"왜?"

"너 그만 좀 먹지 그래?"

"남는 걸 어떻게 해. 아깝잖아⋯⋯."

"한 10키로 찔 것 같다야."

"⋯⋯."

"야, 김수영. 지윤이 좀 가만히 놔두고 무슨 일인지나 말해
봐."

"뭔 일?"

"구민정 정수리에 아주 크레이터를 새겨놨던데? 왜 그랬어?"

"그냥 그년이 자꾸 열받게 하니까 그런 거지, 이유가 어딨어?"

김수영이 신경질을 내며 민유림의 말을 받았다.

"그럼 원래부터 사이가 안 좋았던 거야?"

"우리 데뷔 초창기 때 블루 샤벳이랑 같이 찍었던 예능 프로그램 있잖아."

"아, 그거?"

"그때 너희들한테 말은 안 했는데, 촬영 끝나고 날 부르는 거야."

"왜?"

"셰리 그년이 꼴에 선배라고 거들먹거리면서 쪼잔하게 지 애드리브에 안 웃었다고 지랄하잖아!"

"하긴… 그거 진심 하나도 안 재밌었는데, 그냥 남들이 웃길래 나도 따라 웃었지."

"그래서 내가 한마디했더니 그 뒤로 계속 지랄하더라고."

"뭐라고 했는데?"

"선배님이 드립치는 거 진심 하나도 재미없으니까 통편집당하기 싫으면 그냥 입 닫고 조용히 촬영하는 게 어떻겠냐고 했지."

"…미움받을 만했네."

김수영이 어깨를 으쓱했다.

"근데 나중에 방송 보니까 진짜 통편집당했던데? 지가 잘못해 놓고 괜히 찔리니까 나한테 그 지랄 떠는 게 분명해."

"참⋯ 너도 가만 보면 할 말이 없다."

"뭐, 어쨌든 오늘 공연 못 나가게 됐으니 쌤통이다."

"너 진짜 그러다가 사건이라도 터지면 어쩌려고 그래?"

"이미 터졌지."

김채린이 욱하며 끼어들었다.

"너 때문에 작곡가님한테 피해 생기면 두고 봐!"

"내 덕분에 얼굴 봤잖아? 그거면 됐지 뭘."

"하긴."

김채린은 바로 납득했다.

요새 통 얼굴을 비추지 않아 아쉬운 마음이 컸다.

그렇기에 김수영을 크게 탓하지 않았다.

김수영이 상체를 앞으로 기울였다.

흥미롭다는 표정으로 물었다.

"그나저나 진전은 있냐?"

"아니⋯⋯."

"그럼 내가⋯⋯."

객실의 현관문이 열렸다.

"안녕하세요? 반갑습니다!"

성아영이었다.

"어, 아영이 왔구나."

"와서 아무거나 먹어. 널린 게 간식이니까."

"감사해요!"

"오늘 데뷔라며? 축하해."

"아뇨. 데뷔는 무슨… 그냥 언니들 띄워주는 엑스트라 1이죠, 뭐."

"아니야. 농담 하나도 안 섞고 네가 우리보다 떨어지는 게 단 하나도 없다니까?"

"에이… 제가 어떻게 그런……."

"겸손도 지나치면 꼴값이야. 그냥 인정해."

보다 못한 김수영이 스마트폰을 침대에 휙 던져놓고 성아영에게 바싹 다가왔다.

솔직히 성아영을 보고 있으면 자괴감이 느껴지는 게 한두 번이 아니었다.

"무, 무엇을요…?"

"네가 천재라는 거. 넌 그야말로 아이돌이 되기 위해 태어난 거야."

"아니……."

"맞다니까!"

"그게……."

성아영이 계속해서 부정하자 김수영은 그녀의 어깨를 부여잡고 앞뒤로 흔들어댔다.

"인정해! 인정하라고!"

"마, 맞아요! 저 천재가 맞는 것 같아요… 죄송해요……."

누구에게나 열등감은 있는 법이다.

자타공인(自他共認) 천재인 성아영 또한 마찬가지였다.

그녀는 문득 한지윤을 쳐다보았다.

한시도 손에서 먹을 것을 놓지 않고 있는 그녀.

"왜, 왜 그렇게 쳐다봐…?"

"아무것도 아니에요……."

먹은 살이 전부 한곳으로만 가는 건가 생각이 들었다.

*　　　*　　　*

"그게 뭡니까?"

"이거요? 카메라 필름이죠."

"그러니까 그 안에 들어 있는 내용을 묻고 있는 것 아닙니까?"

"흠……. 그럼 한번 보시겠어요?"

"예."

채지환은 잽싸게 손을 내밀었다.

반색하는 얼굴에는 어서 달라는 듯한 의미가 역력했다.

현일은 내밀었던 손을 이내 거두며 말했다.

"일단 할 일부터 끝내고 봅시다."

채지환은 '그럼 그렇지.'라고 생각하며 얼굴을 살짝 찡그렸다.

협상의 대가를 손쉽게 건네줄 리가 없었다.

그것도 상대가 우위를 점할 수 있는 물건이니까.

물론 여전히 안에든 내용을 짐작하기 힘들었지만 말이다.

채지환은 이를 악물었다.

'대체 뭐지?'

정황상으로 볼 때, 대략 두 가지 경우로 예상할 수 있었다.

구민정이 김수영의 뺨을 때리는 장면이나, 김수영이 구민정의 머리카락을 쥐어뜯는 장면.

'아니면 둘 다거나.'

눈앞의 작곡가가 바보가 아니고서야 전자(前者)만 찍혀 있을 리는 없었다.

만약 그랬다면 바로 폐기했을 테니까.

'후자(後者)라면 가장 좋겠지만⋯ 그럴 리는 없겠지⋯⋯.'

둘 다 찍혀 있어야만 한다.

"왜 망설이시는지 모르겠네요. 크게 손해 보실 일을 그냥 사과만 받고 조용히 끝내드리겠다는 게 싫습니까?"

"그 말씀은⋯⋯."

현일이 채지환의 말을 잘랐다.

"그냥 저도 이런 일로 시끄럽게 되고 싶지 않다고만 말씀드리겠습니다. 만약 그렇게 된다면, 피해는 그쪽이 감당하셔야 할 겁니다."

그에 채지환은 몇 분 동안 턱을 문지르며 주변을 서성거렸다.

그리고 고개를 끄덕였다.

"…알겠습니다."

그 이후엔 일사천리…….

"싫어요. 제가 왜 사과를 해요?"

김수영이 투정을 부렸다.

그래서 현일은 결정을 내렸다.

"가만… 한 대표님 전화번호가 뭐였더라…….."

"아아아! 알았어요! 하면 되잖아요. 하면!"

"아니, 갑자기 드릴 말씀이 생겨서 그래."

"진심으로 사과할게요! 열과 성의를 다해서!"

김수영이 현일의 팔을 붙잡고 애원하기 시작했다.

"믿어도 되겠지?"

"네! 인증샷이라도 찍어서 보내드릴게요!"

"그래. 앞으로 이렇게 귀찮은 일은 사양이다."

현일은 그렇게 말하며 고개를 돌렸다.

백 실장과 눈이 마주쳤다.

그녀가 고개를 숙였다.

"앞으로 절대 이런 일이 없도록 하겠습니다."

현일은 백 실장의 어깨를 두드리고는 객실을 나섰다.

그에 백 실장은 혹여 현일이 자신의 처분을 생각하는 건 아닐까하는 걱정에 몸을 부르르 떨었다.

'음… 그래도 내일이 맥시드의 신곡을 공개하는 날인데, 온

김에 관람하는 것 정도는 괜찮겠지.'

*   *   *

블루 샤벳의 객실.

그러나 상황은 구민정도 크게 다를 바가 없었다.

김수영은 다행히 쉽게 회유했지만.

"걔가 저를 모욕했단 말이에요!"

"후……."

채지환은 이 일로 임원들의 눈초리를 받고 싶지 않았다.

그냥 자기 선에서 조용히 끝내고 싶었다.

어차피 라임 엔터테인먼트는 소속 가수가 오직 블루 샤벳 뿐인 영세 기획사인 탓에, 임원들이라고 해봐야 몇 없지만 말이다.

하여튼 평소라면 자신의 말에 군소리 없이 조용히 따랐을 그녀였지만, 이번만은 호락호락하지 않았다.

복받친 구민정이 모자를 벗고 소리쳤다.

"이걸 보시라구요! 이 꼴로 어떻게 밖을 돌아다녀요? 이제 저의 연예계 생활은 끝장나버렸어요! 으흐흐흑……."

다른 블루 샤벳의 멤버들이 그녀의 흉한 자국을 보고는 눈살을 찌푸렸다.

'생각해 보니 조용히 끝내기는 힘들겠군…….'

당장 오늘 공연도 못할 판국이다.

어떻게든 수습을 해야만 했다.

문득 기발한 생각이 떠오른 채지환은 조심스럽게 입을 열었다.

"민정아."

눈물에 퉁퉁 붇은 얼굴을 들었다.

"흐윽… 네……?"

"…가발 쓰고 하면 안 되겠니?"

＊　　　　＊　　　　＊

아쿠아 팰리스 행사장.

"어? 야, 야. 저것 좀 봐봐."

"뭔데?"

"셰리 언니 헤어가 바뀌었는데?"

"쳇, 난 또 뭐라고… 우리 언니들 스타일 바뀌는 거 하루 이틀이냐?"

"그래도! 아까 전까지만 해도 셰리 언니는 생머리였잖아? 근데 지금 단발로 바뀌었다고!"

"호텔 어딘가에 헤어숍이라도 있는 거겠지 뭘."

"담당 헤어 디자이너는 어디다 놔두고?"

"낸들 알겠냐?"

"흠……. 근데 저 언니 새로 한 머리가 마음에 안 드나봐."

정확했다.

구민정은 행여나 새로운 머리(?)가 벗겨지진 않을까 조마조마했다.

엉거주춤한 자세로 머리를 누르며 주위를 두리번거리는 모습이 약간 익살스럽기도 했다.

그에 리더가 한숨을 쉬며 그녀를 타일렀다.

"민정아. 안 벗겨지니까 가발 좀 가만히 놔둬."

"벗겨지면 어떡할 건데!"

"우리 아빠가 가발 자주 쓰셔서 알아."

"그거야 젊은 시절부터 착용하셨으니까 노하우가 있으신 거겠지! 근데… 진짜로 춤춰도 안 벗겨져……?"

"그렇다니까! 우리 아빠도 술 마시고 노래 불렀을 때 말고는……."

"크흑……."

구민정은 공연에 나가기 싫다고 울고불고 매달렸다.

김수영과 화해하는 건 죽어도 싫었다.

그러나 채지환도 그리 호락호락 하지만은 않았다.

회유책이 안 되면 강경책.

계약을 들이밀며 무조건 하라고 압박했다.

그도 그럴 것이, 이번 아쿠아 팰리스에서의 행사는 블루 샤벳에게 있어서 매우 중요한 건이었다.

블루 샤벳이 특 1급 호텔의 홍보 대사가 되느냐 마느냐를 결정짓는 행사였으니까.

'그럼 광고 모델은 너만 빼고 넣을까?'

귓가에 채지환의 말이 아른거렸다.

그리고 그 분노는 고스란히 김수영에게 향했다.

구민정은 맥시드의 객실 쪽으로 고개를 돌려 분노를 표출했다.

[블루 샤벳의 셰리, 아쿠아 팰리스에서의 괴상한 행동을 보이다. 과연 그녀에게 무슨 일이?]

['혹시 편집증이나 과대망상 장애라도 걸린 것 아닐까요?' 블루 샤벳의 팬들, 우려를 표하다.]

[아쿠아 팰리스에서의 쇼케이스. 셰리가 다 망쳤다!]

[거금을 쏟아부은 아쿠아 팰리스의 홍보 대사, 이대로 취소되는가?]

[블루 샤벳! 특 1급 호텔의 명예에 먹칠을 하다.]

상기의 제목들이 이날 연예계 기사 중에서 가장 뜨거운 감자였다.

*   *   *

SH 그랜드 페스티벌 공연장.

"리얼리티 드래곤즈가 공연하게 될 무대가 바로 이곳입니다. 하하하. 어떻습니까?"

"과연, 듣던 대로군요."

알렉스는 감탄을 감추지 않으며 고개를 끄덕였다.

화려한 조명 장비와 무대 연출용 세트들.

그가 허리를 숙이며 바닥 위로 튀어나와 있는 구멍을 가리켰다.

스모크 머신이 내장 되어 있는 곳이었다.

"이거, 여기서 화염도 나오나요?"

"예……? 아! 예! 물론이죠. 나옵니다."

이성호는 격하게 긍정하며 뒤에서 가이드해 주던 무대 연출가에게 나지막이 입을 열었다.

"저거 불도 나오나?"

"안 나옵니다."

"왜지?"

"되는 모델로 사려고 했는데, 자금을 아끼기 위해 여러 가지를 포기해서… 재정적 문제로……."

"그럼 어떻게든 처리를 해야 될 것 아닌가?"

"그게 승인이……."

"크흠!"

헛기침의 의미는 간단했다.

안 되면 사비를 들여서라도 바꿔 놓으라는 의미였다.

"…알겠습니다."

알렉스가 혀를 찼다.

"그렇군요… 공연하다 보면 겨울날에도 더워져서요. 화염이라도 나오면 더 후끈해지는데… 그래도 있는 건데 써야죠 뭐."

"아, 아닙니다! 싫다면 안 쓰셔도 됩니다. 사실 저도 화염보단 포그 이펙트가 훨씬 좋다고 생각합니다!"

대충 알아들은 무대 연출가의 얼굴이 일순 밝아졌지만, 다시 어두워졌다.

"그래도 일단 바꿔는 놓게. 언제 쓰게 될지 모르니까."

"예……."

공연장의 구석구석까지 거의 다 시찰했을 쯤, 사람들의 발길이 잦아졌다.

"곧 시작할 시간입니다."

"기대되는군요."

"실망하지 않을 겁니다."

이성호는 이 콘테스트를 방송으로 기획하지 않은 것이 후회스러웠다.

몇몇 곳에서 제의가 오긴 했지만, 기타리스트는 시청자들의 호응이 별로 없을 것 같아서 거절했었다.

'알렉스 베네딕트가 올 줄 알았더라면…….'

그를 방송에 10분이라도 내보낼 수 있다면 큰 홍보가 되었을 것이다.

이성호는 아쉬운 마음에 입맛을 다셨다.

'아니, 꼭 방송에 나와야 할 필요는 없지.'

이성호는 나름 괜찮은 생각을 떠올렸다.

그냥 사진 몇 장 찍고 오늘 행사에 대한 소감 몇 마디 읊어주면 된다.

그리고 SH 페이지에 올려놓기만 하면 팬들은 각종 SNS로 소식을 퍼다 나를 것이고, 기자들은 지문이 닳도록 기사를 써 댈 것이다.

'빌보드 락 밴드 리얼리티 드래곤즈의 기타리스트 알렉스 베네딕트, SH 기타 콘테스트를 극찬하다!'라고 말이다.

물론 방송에 나오는 것보다 효과는 덜하겠지만, 투자 대비 효율은 막강할 것이 분명했다.

"그런데, 대회는 예선 본선 다 똑같이 진행됩니까?"

"예. 팀을 구성해서 밴드 연주를 한다든지, 그런 건 일체 없습니다. 순수하게 자신의 역량만을 보여주는 대회이니까요."

"그렇군요. 그런 방식도 마음에 듭니다."

이성호는 지긋이 웃었다.

"오늘은 대표님께서 참관하시는 겁니까?"

"어, 김 실장이구만."

이성호는 주위를 흘깃하고는 조용히 말을 이었다.

"우승자는 정해졌나?"

"예. 상당히 괜찮은 사람이 들어왔습니다."

"이름은?"

"김경현입니다."

"흠… 딱히 기억나는 이름은 아닌데… 하여튼 김 실장이 그렇다면 그런 거겠지. 계약은 어찌됐나?"

"어제 끝냈습니다."

"잘했다."

SH의 기타 콘테스트.

사실 말만 콘테스트고 이미 우승자는 예선 2차 때부터 정해져 있었다.

본선이나 수상자 발표는 모두 쇼맨십이고 마케팅이다.

그 외의 참가자는 모두 오직 한 사람을 빛내주는 들러리일 뿐이었다.

"자, 알렉스 씨. 그럼 저기 앉아서 편안히 보시면 됩니다."

"감사합니다. 언제 시작하죠?"

"30분 안에는 시작할 겁니다."

그리고 30분 후에 대회가 시작되었다.

'따분하네. 역시 괜히 왔나?'

예선 2차 때 영상과 별다를 바가 없었다.

분위기도, 참가자들의 실력도.

이성호가 다소 사무적인 웃음을 지으며 입을 열었다.

"모처럼 개장도 되지 않은 저희 그랜드 페스티벌 공연장에 최초로 오신 빌보드 가수신데, 기념사진이라도 한 방 어떻습니까? 하하."

"좋죠. 하지만 나중에 하면 안 될까요? 지금은 저쪽에 집중

하고 싶어서 말입니다."

"아, 예. 물론입니다. 편할대로 하시죠."

이성호는 하품하는 알렉스를 초조한 눈빛으로 가만히 바라봤다.

직원에게 음료수라도 가져오라고 지시하고는 생각에 잠겼다.

'으음… 뭔가 방법이……'

이내 뭔가가 떠오른 듯 김 실장에게 무전을 넣었다.

"그냥 연주만 듣고 끝내지 말고, 뭔가 특기 같은 거라도 있으면 보여 달라고 해봐."

─알겠습니다.

그러자 얼마간은 알렉스의 눈에 흥미로움이 감돌았지만, 그뿐이었다.

다시 그의 얼굴이 시큰둥해졌다.

그래도 효과는 있었다.

김 실장이 다음 참가자를 불렀다.

"김경현입니다."

그가 제자리에 섰고, 둘은 곧 의미심장한 미소를 주고받았다.

알렉스의 눈은 그 장면을 놓치지 않았다.

'여기나 미국이나 똑같군.'

그는 자신이 아직 데뷔도 하지 않았던 무명 시절을 떠올렸다.

당시 한 메이저 레이블에 지금 SH와 비슷한 기타 경연 대회를 열었었다.

그리고 그곳에 참가해 열성적으로 기타를 쳤다.

비록 승리하진 못했지만, 우승자를 진심을 담아 축하해 주었다.

하지만 후에야 깨달았다.

애당초 그 대회는 로렌스 카마인을 위한 쇼라는 것뿐이었음을.

로렌스가 무대에 섰을 때, 그와 심사 위원은 저런 표정을 지었다.

무언가 뒤틀린 것 같은 미소.

모든 대회가 끝나고, 무대 뒤에서 그가 자신에게 했던 말이 아직도 잊혀지지가 않았다.

알렉스가 탄산음료를 한 모금 홀짝이고는 감탄사를 내뱉었다.

"오, 저 사람은 꽤 하는군요."

"그렇습니까?"

"네. 코드도 안정적으로 잡혀 있고, 주법도 파워풀하네요. 저는 저런 스타일을 좋아합니다."

"그 말대로라면 저 사람이 우승자가 될지도 모르겠군요? 하하하하."

이성호는 딱히 알렉스의 말이 와 닿지는 않았지만, 대충 맞
장구를 쳐주었다.

"그런데, 궁금한 게 있습니다만."

"뭐든지 말씀하십쇼."

"한국에 처음 왔을 때, 공항에서 윌리엄 존스를 만났습니
다."

"예……."

이성호는 간담이 서늘해졌다.

일이 틀어질지도 모른다는 촉이 왔다.

"제 친한 친구예요. 어렸을 때부터 저와 윌리엄은 음악을
참 좋아했었죠. 서로 가장 좋아하는 장르는 달랐지만, 그래도
많은 것이 통했어요."

"그렇군요."

"근데 공항에서 그 친구에게 안 좋은 소식을 들었습니다."

"…유감입니다."

"왜 그랬는지는 모르겠지만, 윌리엄이 여기서 공연했다면 우
리가 특별 출연을 검토해 봤을 수도 있었을 겁니다."

"그자가 알렉스 씨에게 무슨 말을 했는지는 몰라도……."

알렉스가 이성호의 변명을 끝까지 들어주는 일은 없었다.

그는 단언하듯 말했다.

"리얼리티 드래곤즈가 여기서 공연하는 일은 없을 겁니다.
방금 확신이 들었어요. 여기엔 그랜드 마스터가 없습니다."

아쿠아 팰리스.

블루 샤벳의 쇼케이스는 지지부진하게 끝나 버렸다.

양측의 팬들이 서로 신경전을 벌이긴 했으나 다행히도 우려할 만한 일은 벌어지지 않았다.

블루 샤벳이 깔끔하게 실수를 해준 탓에, 그녀들의 공연이 끝나자마자 블루 샤벳의 팬들은 고개를 숙이고 호텔을 떠났으니까.

하지만 관객들은 여전히 많이 남아 있었다.

대부분이 10대 학생들이지만, 서로 돈을 모아 아쿠아 팰리스에서 하룻밤을 묵는 사람들도 많았다.

맥시드는 다를 거라는 기대감을 품으면서 말이다.

그리고 아쿠아 팰리스 호텔의 임원들은 맥시드의 공연을 주시하고 있었다.

"어쩌면 홍보 모델을 바꿔야 될지도 모르겠습니다."

"모르는 게 아니라, 당장 바꿔야 하네."

"아무리 사업이라지만 최소한의 선은 있어야죠. 한 번 실수한 것 가지고 싹 바꿨다간 어디 우리랑 같이 일을 하고 싶어하는 업체가 있겠어요?"

"우리가 언제 실수를 용납한 적이 있었습니까? 블루 샤벳을

써서 하락할 기대 수익이 얼마나 되는지는 알고 하는 소립니까?"

"맞습니다. 이 일을 눈감아주면, 저쪽 일도 눈감아주고, 그쪽도 눈감아주고… 그래서야 제대로 된 사업이 되겠습니까? 자선 사업이지."

"조용."

"……."

차분히 회의를 듣고 있던 정대용이 입을 열었다.

그의 목소리는 짧고 나지막했지만, 소란스러웠던 좌중이 일제히 약속이라도 한 것처럼 입을 닫았다.

정대용의 말에는 그만한 힘이 담겨 있었다.

그도 그럴 것이, 그가 바로 특 1급 호텔 아쿠아 팰리스의 사장이었으니까.

침묵은 길지 않았다.

"내가 호텔 사업을 시작한 이래로 꾸준히 지켜온 모토가 하나 있네. 정준용 이사는 그게 무언지 알고 있겠지?"

그에 정준용 이사라 불린 사내가 가볍게 목례를 하며 정대용의 말을 받았다.

"예. '누구와도 척지지 말라'였죠."

"그렇다네. 물론 살면서, 그리고 사업을 하면서, 개인 대 개인이나, 업체 대 업체 간에 갈등이 안 생길 수는 없는 법이네만, 나는 그것 하나만은 꿋꿋이 지켜왔어."

동종 사업자와 경쟁은 벌이지만, 견제는 받지 않는다.

그것이 거대 자본의 도움 없이 자수성가한 정대용의 비결이라면 비결이었다.

"그리고 앞으로도 그 모토가 깨질 일은 없을 것이네. 자네들이 그렇게 만들어야만 하네."

정대용은 좌중의 얼굴을 한차례 훑어보았다.

마지막으로 정준용의 얼굴에 시선을 고정한 채 말을 이었다.

"이번 일은 전적으로 정 이사에게 맡기겠네. 어떻게 하나 잘 지켜보도록 하지."

"예. 알겠습니다."

정준용은 어깨가 천근만근 무거워지는 것 같았다.

'부담감 백배로군…….'

＊　　　＊　　　＊

"아아아… 망했어……. 난 망했다구……."

"겨우 실수 한 번 한 거 가지고 너무 상심할 것 없어. 팬들은 다 귀엽게 봐줄 거라고."

구민정은 어제 이후로 계속해서 울먹거렸다.

'아오, 시끄러워 죽겠네. 쌍!'

달래주기라도 하지 않으면 밤에 잠도 못 잘 지경이었다.

"이 기사들을 좀 보라구! 이게 귀여워해 주는 거야?"

"원래 기사란 게 다 자극적이잖아. 이것 봐. 댓글은 다 좋다고."

—와… ㅋㅋㅋㅋㅋ 머리에 손 왜 저러고 있음? 원숭이셈? ㅋㅋㅋㅋㅋㅋ

좋아요: 56

"아니야아아아!"

한편, 그러거나 말거나 채지환은 부리나케 뛰어다녔다.

호텔 매장부터 인근의 전자 상가까지.

획득한 필름이 하필이면 또 한국에선 잘 쓰지 않는 규격인지라, 맞는 카메라를 찾는 것만도 쉽지 않았다.

'드디어 찾았다!'

그는 침을 꿀꺽 삼키고는 떨리는 손으로 필름을 꺼냈다.

아니, 꺼내려고 했다.

'……?'

바지 주머니, 상의 주머니, 속주머니 등등…….

'……!'

없었다.

'이런 바보 같은!!!'

채지환은 잽싸게 호텔로 달려갔다.

'어디지? 화장실에 떨궜나?!'

블루 샤벳이 묵었던 객실에도 가봤지만 어디에도 보이지 않았다.

'만약 그게 다른 사람 손에 들어가기라도 한다면······.'

그 뒤는 상상도 하고 싶지 않았다.

"허억··· 허억······."

양복이 땀으로 축축해졌다.

그는 무릎에 손을 짚었다.

가쁜 숨을 몰아쉬었다.

쉬는 타임에도 머릿속으로는 자신이 갔던 곳을 죄다 되짚어보았다.

그래도 답은 나오지 않았다.

"이것 좀 마실래요? 힘들어 보이시는데."

그의 눈앞에 이온 음료 한 캔이 불쑥 나타났다.

"됐어요."

지금 타인의 호의고 뭐고가 중요한 게 아니었다.

누군가가 내민 음료수를 무심결에 밀어냈다.

"앞으로 더 힘들어질 수도 있을 것 같습니다."

그 '누군가'의 말에 채지환은 고개를 치켜들었다.

그의 눈이 휘둥그레졌다.

"저, 정 이사님?!"

"마침 식사도 할 겸, 잠깐 얘기 좀 하실까요?"

"예··· 옙!"

지금 필름이고 뭐고 신경 쓸 때가 아니었다.

그렇게 둘은 식당으로 발을 옮겼고, 청소부가 객실로 들어섰다.

'응?'

옷장 밑에 살짝 삐져나와 있는 것을 집어 들었다.

객실 청소부가 집어든 무언가는 평소에 보지 못한 물건이었다.

'뭐야 이건?'

곧 흥미를 잃은 청소부는 툭하고 쓰레받기에 던져 넣었다.

'알 게 뭐야. 그냥 쓰레기지.'

＊　　　　＊　　　　＊

"이러다가 우리가 홍보 모델로 바뀌는 거 아냐?"

민유림이 농담을 던졌다.

김수영이 팍 인상을 썼다.

"걔네들 걸 받아먹으라니? 난 사양이야."

"네가 벌인 일이니까 네가 수습해야지."

"어차피 회사의 뜻에 달린 거 아니겠냐?"

"그러다가 유언비어 퍼진다. 일어나지도 않은 일로 함부로 입 열지 마."

"그래. 우리가 신경 쓸 일은 아니지. 어서 리허설 준비나 하자."

깔끔하게 리허설을 마치고 얼마간의 시간이 흘러, 어느덧 공연 시간이 다가왔다.

"와아아아아!"

여느 때와 같이 환호가 들렸다.

"엇? 저 사람 저번에 새 앨범 타이틀 곡 같이 공연했던 그 백댄서 아냐?"

"그렇네? 설마 계속 같이하는 건가?"

"맥시드에 다섯 번째 멤버가?!"

맥시드가 성아영과 함께했던 지난번의 공연은 타이틀 곡이었다.

이번 공연은 새 앨범에 수록된 다른 곡이다.

맥시드의 노래는 언제나 앨범의 모든 곡이 고 퀄리티였기 때문에 아무도 아쉬워하는 이는 없었다.

호텔의 임원들은 두 눈을 부릅뜨고 그들의 공연을 지켜보았다.

*   *   *

"GCM 작곡가님."

"말씀하세요."

현일은 채지환의 연락으로 그와 미팅을 하고 있었다.

채지환이 초조한 얼굴로 입을 열었다.

"아쿠아 팰리스가 자사의 홍보 모델에 대해서 재검토를 하고 있습니다만⋯⋯."

"네."

갑자기 채지환이 벌떡 일어나서 허리를 숙였다.

현일의 작업실.

'공연을 못 본 게 조금 아쉽네.'

나중에 녹화한 걸 모니터링하면 되겠지.

이내 상념을 떨쳐내고, 작곡에 들어갔다.

현일은 아쿠아 팰리스 내부의 풍경을 떠올렸다.

마치 태평양을 담아놓은 것만 같은 장엄한 경관.

그곳에는 꿈처럼 활기찬 참치와, 비범한 자태를 뽐내는 범고래와 같은 해산물이 헤엄쳐 다니고 있었다.

'라는 느낌으로 작곡을 하면 될 것 같군. 먼저 C코드를 잡고······.'

현일은 떠오르는 그래프를 봤다.

습관적으로 눈길이 갔지만, 고개를 흔들어 떨쳐내 버렸다.

현일은 언젠가 의도치 않게 BCMC에서 출중한 기타 실력을 선보여 준 적이 있었다.

그로 인해 스스로의 실력을 좀 더 시험해보고 싶었다.

이번엔 기타 연주가 아닌, 작곡가로서의 작곡 실력을 확인하는 단계.

'작곡은 늘상 하고 있는 것인데…….'

한데, 왜일까.

오늘만큼은 무척이나 긴장이 되었다.

그리고 가슴이 두근거렸다.

현일은 한차례 심호흡을 하고, DAW에 자신이 원하는 그림을 그려 나갔다.

＊   ＊   ＊

호텔 아쿠아 팰리스 정문에는 구민정과 성아영을 실물 크기로 제작한 스텐 입간판이 양쪽에 나란히 서 있었다.

각자 한쪽 팔에 바구니를 들고 있었고, 그 안에 팸플릿이 담겨 있는 형태였다.

"큭……."

성아영이 들고 있는 바구니가 벌써 바닥을 보이고 있는 반면, 아직 충분히 남아 있는 구민정의 바구니를 보니 왜인지 피식 웃음이 나왔다.

하여튼 호텔로 들어가 약속 장소에서 얼마간 기다리고 있으니, 정 이사가 얼굴을 비쳤다.

"또 뵙게 될 거란 생각은 했었는데, 이렇게 빠를 줄은 몰랐네요."

"저도 그렇습니다."

"식사는 하셨어요?"

"아뇨, 아직입니다."

이 시간에 부른 의도를 알기에, 일부러 안 먹고 왔으니까.

"그럼 올라가시죠. 저희 호텔 셰프들의 요리 솜씨가 끝내주거든요."

"그렇더군요."

정준용이 짧게 미소 지은 뒤 앞장섰고, 현일이 그 뒤를 따라갔다.

자리에 앉으니, 정준용이 올 것을 미리 알기라도 한 듯이 직원들의 민첩함이 예사롭지 않았다.

"저도 음악을 참 좋아하는데, 작곡가나 해볼 걸 그랬습니다."

"이것도 꽤 쉽지는 않죠."

"세상에 쉬운 일이 어딨겠습니까. 그래도 제가 듣는 귀는 있다고 자부하거든요."

"그러면 반은 성공하셨네요."

"하하하! 그래도 좋아하는 일을 하면서 산다는 게 행복 아니겠습니까?"

"그건 그래요."

음식이 나오기까지 이런저런 얘기를 하다가 식사가 끝나고 둘은 본론으로 들어갔다.

"아직 일주일은 더 남았는데, 상당히 빠르네요."

"저는 원래 일단 할 일이 있으면 가장 중요한 우선순위부터 붙잡고 끝내는 스타일이라."

"그거 듣던 중 반가운 말씀이시군요. 그럼 한 번 들어보고 추후에 내부 회의 결과를 알려드리겠습니다."

$$* \qquad * \qquad *$$

"네?"

—흠… 분명히 좋은 노래입니다. 하지만 뭔가 2퍼센트가 부족하다고 할까요?

"그런가요?"

—예. 물론 충분히 좋다고 하는 사람들도 있습니다. 실제로 이대로 CM송을 사용해도 문제는 없고요. 전 그냥 제 의견을 전해드리는 겁니다.

"…잠시 전화 좀 끊겠습니다."

—네. 아직 시간은 있습니다.

"흠……."

현일은 침음을 흘렸다.

라임 엔터까지 끌어들여서 맡은 의뢰인데, 정작 당사자가 만족하지 못한다면 아무짝에도 소용이 없다.

물론, 당장 그래프를 보고 만들어 가져다 줄 수도 있다.

그러나 그럴 때마다 근본적인 고민이 뒤따른다.

'만약 능력이 갑자기 사라진다면?'

어느 날 예고 없이 찾아온 능력.

쉽게 얻은 건 쉽게 사라진다고, 언젠가 홀쩍 사라져 버릴지도 모른다.

'그래, 능력이 사라져도 상관없을 정도가 되어야 한다.'

차곡차곡 쌓아놓은 본연의 실력은 하루아침에 사라지지 않을 테니까.

무엇보다, 스스로 노력해서 얻은 게 아니면, 절대로 내 것이 되지 못한다.

이 또한 현일의 학창 시절, 영어 선생님의 가르침이었다.

현일은 눈을 감고 한참을 고민했다.

'2퍼센트라……. 무엇이 부족한 걸까.'

한 시간이 지났을 쯤, 현일은 무릎을 탁 치며 일어났다.

'일주일은 시간이 있지.'

현일은 짐을 챙기기 시작했다.

"어디 가세요?"

"이지영?"

"그런데요. 오늘은 미팅도 없으실 텐데 어디 가시는 거예요."

슬슬 부하 직원이 불만이 생기기 시작한 모양이었다.

아무래도 현일이 사라지면, 그만큼 팀 3D가 할 일이 많아지게 되니까.

안 그래도 현일은 그것에 대해 미안하게 생각하고 있었다.

"음. 잠깐 들릴 데가 있어서. 그리고 미팅이란 게 꼭 약속이 있어야 만나나. 갑자기 생기기도 하니까 사업이지."

"흠… 그건 뭔가요?"

이지영은 현일의 손에 있는 물건을 턱짓했다.

고성능 방송용 카메라였다.

현일이 일은 내팽개치고 여행이나 가는 게 아닌가 의심스러운 모양이었다.

"카메라 좀 가져가는 게 뭐 어때서?"

"하아……. 빨리 오셔야 해요?"

"그래, 그래."

*　　　　*　　　　*

현일은 고성능 렌즈와 마이크가 달린 카메라를 들고 강원도 동해에 도착했다.

인구가 대략 9만 남짓한 소도시인 동해시.

그 이름에 걸맞게 탁 트여 있는 동해 앞바다가 보이는 도시라는 게 특징이었다.

'영서라도 데려올 걸 그랬나.'

문득 동생이 떠올랐다.

영서에게도 이 장엄한 경관을 보여주고 싶었다.

장차 GCM 엔터테인먼트의 최종 병기가 될지도 모를 인재.

가 되면 좋겠다는 생각이 들었다.

'아냐. 이건 즐기려고 온 여행이 아니니까.'

비수기라 그런지 사람도 없었다.

날씨도 춥고.

현일이 동해에 온 이유는 다름이 아니다.

'바다를 담은 음악인데, 정작 바다가 부족했어.'

그저 해산물이 폴짝폴짝 뛰어 노는 느낌만으론 부족했다.

진짜 바다의 소리가 필요했다.

바다 앞에 텐트를 치고, 카메라를 세팅했다.

4K 해상도의 카메라도 녹화를 알리는 빨간 빛이 들어오자, 삑 소리를 내며 좋다는 듯 울었다.

'그래, 그래. 원하는 만큼 실컷 찍어라.'

그렇게 털썩 앉아 바다를 감상했다.

'시원하다~'

불어오는 바람, 바다 특유의 비린내와 그 속에 살짝 섞여 있는 짠맛, 파도의 소리와 풍경이 오감을 간질였다.

대자연을 즐기며, 현일은 카메라에 눈을 붙였다.

'야~ 나중에 은퇴하면 아예 여기서 유유자적 살아도 되겠구만!'

그렇게 시간이 흘렀다.

하루, 이틀, 삼일, 나흘…….

사실 처음 시작한지 한 시간이 지났을 때부터 위기는 찾아오고 있었다.

'으으…….'

솔직히 너무 힘들었다.

아무것도 하지 않고 언제 올지도 모르는 무언가를 기다린다는 것.

하루 종일 일에 치여 사는 것보다 훨씬 더 고된 것이었다.

나흘이라는 시간이 지나면서, 당장 이런 쓸데없는 짓은 그만두고 돌아가고 싶은 마음이 굴뚝같았다.

그것도 행여나 좋은 소리를 놓칠까, 하루에 4시간씩 자면서 말이다.

우리나라는 삼면이 바다다.

그런 만큼 바다를 보기 위해서 갈 수 있는 곳도 많다.

한데, 왜 하필이면 강원도 동해를 선택했는가.

'…쉽게 포기할 수는 없지.'

서울에서 자가용으로 평균 네 시간 반에서 다섯 시간.

왕복이면 근 열 시간이 걸리는 거리니까.

이런저런 생각을 하며 버티는 나흘 째, 어떤 백발이 희끗한 사람이 현일이 있는 쪽으로 다가오고 있었다.

낚싯대를 등에 걸고 있는 게, 낚시가 취미인 것 같았다.

혹은 그게 일이거나.

'내 알 바는 아니지.'

그렇게 다시 카메라에 눈을 돌리는 순간이었다.

"이보게."

"…예?"

인근에 호텔을 잡고 주기적으로 화장실은 이용했지만, 내면의 꾀죄죄한 모습이 노인의 눈에 비춰졌다.

"자네, 이 동네 사람이 아니군."

"네… 그런데요? 어떻게 아셨죠?"

별로 카메라에서 이목을 떼고 싶진 않았다.

하지만 나흘 동안의 고독이 현일로 하여금 노인의 말을 경청하게 만들었다.

"이 사람아. 내가 여기서 나고 자란 지가 몇 년인데 그걸 모르겠나. 그리고 여기 주민들은 바다를 촬영하지 않는다네."

"예? 어째섭니까?"

"자네 뭔가 고민이 있는 거군."

노인은 대답은 하지 않고, 자기 할 말만 이어나갔다.

"네?"

"왜 바다를 찍지 않느냐고 물었나? 그거야 간단한 것 아닌가. 바로 눈앞에 바다가 있는데, 어찌하여 바다를 찍겠는가."

"그거야… 흔적을 남겨두고 싶으니까요."

"어떤?"

"내가 이곳에 왔다는 흔적, 그리고… 대자연의 웅장함?"

"웃기지도 않는군."

"예……?"

"자네 말대로 저 바다가 자네에게 그런 느낌을 준다면, 왜 그걸 직접 보지 않는가?"

"나흘 동안 저것만 보고 있었습니다만……."

"이걸로 말인가?"

노인은 그렇게 말하며 낚싯대로 카메라를 퉁퉁 두드렸다.

"아니, 어르신! 지금 이게 얼마나 중요한 카메란데!"

"이 사람아. 자네는 이 흉측한 물건으로 본인의 시야를 가리고 있는 것이네."

"예? 그게 무슨 소립니까?"

분명 울트라 HD 해상도로 바다를 촬영하고 있다.

그리고 현일은 그 화면을 통해 바다를 보고 있었고.

현일은 이내 노인의 말을 깨달았다.

"바다가 자네를 보고, 자네가 바다를 봐야지. 무슨 증인 보호 프로그램에 들어가 있는 것처럼 그러고 있어서야 되겠나?"

"아······."

"왜 이걸 녹화하는 거지? 어차피 백만 년이 지나도 안 볼 것 아닌가. 바다가 바로 앞에 있으니, 그냥 자네의 눈으로 보란 거야. 완전히 HD 화질이니까 그냥 보라는 말일세."

"그, 그렇군요······."

현일은 자신의 실수를 자각했다.

이 조그마한 화면으론 아무것도 볼 수 없었다.

저 광활한 대자연을 4인치 액정에 가두고 있었던 것이었다.

현일은 카메라를 정리하고 그냥 바닥에 앉았다.

"흘흘······."

그러자 이름 모를 노인은 웃음을 흘리며 발걸음을 옮겼다.

현일은 속에서부터 무언가가 솟아오르는 것을 느꼈다.

그 오묘한 기분도 잠시, 다시 고통의 연속이 시작됐다.

그러길 다시 삼 일이 흘렀다.

그리고 어느 순간, 현일의 눈이 반짝 빛이 났다.

'이거다.'

*　　　*　　　*

GCM 엔터테인먼트.

오랜만에 사옥으로 들어섰다.

어째서인지 간담이 서늘해졌다.

아니나 다를까, 이지영이 팔짱을 낀 채 시큰둥한 표정으로 현일을 쳐다보고 있었다.

"일주일 동안 뭐하다 오셨어요? 연락도 없고."

"미안. 잠시 급한 일이 있어서."

"후… 제발 말없이 사라지지 마세요. 덕분에 우리가 얼마나 힘들었는지 알아요? 아쿠아 팰리스 CM송은 어디다 내팽개치신 거예요?"

"그러니까, 바로 그것 때문에 갔다 온 거야."

"어딜요?"

현일은 굳이 말해주고 싶지 않았다.

사실대로 말해봤자 그녀에겐 일주일 동안 동해에서 멍 때리고 왔다는 얘기밖에 안 될 것 같았다.

"크흠, 어쨌든 다음부턴 이런 일 없을 테니… 아, 잠깐 전화 좀 받을게."

스마트폰의 벨소리가 이지영의 잔소리로부터 현일을 구해주었다.

"네, 네. 좋습니다. 지금 뵙시다."

전화를 끊은 현일은 곧장 아쿠아 팰리스로 달려갔다.

이번엔 기다리지 않고 정준용과 만날 수 있었다.

정준용이 입을 열었다.

"바로 들어보고 싶습니다."

"그러시죠."

서론은 짧았다.

이윽고 음악을 모두 들은 그가 천천히 입을 열었다.

"오……."

정준용의 감탄사는 그게 전부였다.

하지만, 현일은 일전에 경험했던 그 기분을 다시 한 번 느꼈다.

무언가 한 단계 성장한 느낌이었다.

"쇼케이스는 상당히 성공적이었습니다."

"자세히 설명해 보게."

"예. 차트를 보시면 행사장을 만드는 데에 큰돈이 소모되었지만, 블루 샤벳과 맥시드의 공연을 대대적으로 홍보한 이후 매출이 꾸준히 소폭으로 상승하고 있습니다."

정준용은 좌중의 반응을 살피고 연설을 이었다.

"그리고 블루 샤벳과 맥시드의 공연 당일 날, 호텔 이용객이 폭발적으로 늘었습니다. 덕분에 상품도 많이 팔렸죠. 평소 매출의 네 배에 달하는 금액이었습니다."

"그럼 그건 어떻죠? CF 말이에요."

"물론 그것도 수확이 있습니다. 그것도 매우 많죠. 이 자료를 보십쇼. 방송이 시작된 날부터 매출이 일주일 동안 평소의 다섯 배에 달했습니다."

그뿐만이 아니었다.

인론사에서는 아쿠아 팰리스에 대한 기사를 끊임없이 쏟아내고 있었고, 방송사에서는 아쿠아 팰리스를 드라마 촬영 장소로 쓰고 싶다는 요청이 쇄도하는 중이었다.

"그 원인이 뭐라고 생각하죠?"

물론 CF 때문이지만, 질문자는 그것을 묻는 것이 아니었다. CF에 더해 부가적으로 창출된 수익을 뜻함이었다.

"가수 셰리와 성아영의 캐릭터 상품이 주효했습니다. 이건 제 사견이지만, CM송이 한 몫을 톡톡히 했다고 봅니다."

"정 이사. 개인적 의견을 낼 때는 그를 뒷받침하는 근거를 제시하게."

"예."

정준용은 사장에게 한소리를 들었지만, 이 자리에 있는 누구도 그것에 대해 개의치 않았다.

주기적으로 있는 회의지만, 오늘만큼은 대폭 상승한 실적을 자축하는 날이었으니까.

정준용이 살짝 목례를 하며 자신이 'Hotel Aqua Palace'를 들으며 느낀 바를 구구절절 늘어놓았다.

"…또한, 노래를 듣고 있으면 꼭 아쿠아 팰리스에서 하룻밤을 지내보고 싶은 느낌이 듭니다. 그런 이유입니다. 이는 비단 제 의견일 뿐 아니라, 숙박객을 상대로 설문 조사를 실시해 본 결과입니다."

이후에 띄워진 자료는 임원들로 하여금 자연스레 고개를 끄덕이게 만들었다.

그들 또한, 정준용의 말에 깊이 공감하는 바였다.

"누가 더 의견을 내볼 생각 없나?"

"아예 CM송을 호텔 라운지 내에서도 플레이하면 어떻겠습니까?"

정대용의 질문에, 누군가 화두를 던지자 회의장은 시끌벅적해졌다.

"매장 내에서도 틉시다."

"고객 센터 컬러링으로 사용하는 것도 좋을 것 같습니다."

"성아영의 캐릭터 상품을 적극적으로 미는 건 어떨까요?"

정준용은 간만에 의미 있는 회의가 열려 흐뭇해했다.

그러면서도 왠지 현일을 조만간 다시 보게 될 것 같다는 예감이 들었다.

*   *   *

촤아아아아.

"축하한다. 알렉스."

뒤에서 들려오는 너무나 익숙한 목소리.

아니, 익숙하기보단 잊히지 않는다고 표현하는 게 정확했다.

그야 로렌스 카마인의 목소리였으니까.

"…왜 온 거냐?"

"그냥 화장실 좀 쓰려고 왔지."

손을 씻던 알렉스는 물기를 털어내지도 않고, 발걸음을 돌렸다.

"이야~ 올해의 앨범 상이라니, 세상 참 많이 변했다. 그지?"

그래미 어워드 시상.

어떤 아티스트에게 어떤 상을 줄지는 NARAS(National Academy of Recording Arts and Science: 미국 녹음 예술, 기술 협회)라는 협회 회원들의 투표로 결정된다.

그리고 로렌스는 누가 어떤 상을 받는지, 알고 있는 것이 많았다.

그의 아버지가 NARAS의 높은 사람이니까.

리얼리티 드래곤즈는 자신들이 어떤 상을 받는지 모르지만 말이다.

"무슨 말이 하고 싶은 건지 모르겠군."

"그건 내가 받아야 했어."

"넌 아직 젊지 않나. 기회는 많이 있을 텐데."

"물론 그렇지. 근데 내 말은 이번 해에 선정된 사람이 '그들'이라면 차라리 내가 낫지 않겠냐 하는 말이었지."

"잘해봐라."

"그래미 어워드에서 수상을 받으면 공연을 할 수 있는 기회가 있다. 퍼포먼스는 누가 최고인지 똑똑히 보여주겠어."

로렌스가 한 말의 의미는 명확했다.

'도전을 거절하지 마라.'

알렉스는 계속 로렌스의 투정을 들어줄 생각이 없었다.

로렌스도 더는 그를 붙잡지 않았다.

알렉스가 서 있던 자리.

세면대의 거울이 보였다.

그 속에서는 자신을, 아니, 자신이 닮은 사람이 보였다.

거울 속의 그가 이렇게 말했다.

'최우수 락 퍼포먼스 상도 힘들게 밀어 넣은 것이다! 어째서 고작 이 정도냐고? 네가 못났기 때문이 아니겠느냐!'

거울의 유리가 와장창 깨졌다.

맞닿은 주먹에서는 주룩 피가 흘러내렸다.

"젠장할……"

＊　　　　＊　　　　＊

그래미 어워드 시상식.

─최우수 락 퍼포먼스 상은… 카마인!

그들이 무대 위로 올라가 상을 받고 음악을 선보였다.

그중에서도 하이라이트는 단연 로렌스의 기타 솔로잉 파트.

마치 기타가 날카롭게 우는 듯한 연출이 일품이었다.

'어떠냐? 네가 나를 따라올 수 있겠나?'

속으로 중얼거리는 그의 시선이 한쪽으로 향했다.

그러자 알렉스와 눈이 마주쳤다.

곧 공연이 끝나고, 얼마쯤 시간이 더 지났다.

―올해의 앨범 상은…….

마음속에서 긴장이라는 북이 울리는 것만 같았다.

웬만큼 경력 있는 가수일지라도, 이 순간만큼은 심장이 떨릴 것이다.

그것도 그래미 어워드에서도 내로라하는 메이저 상이었으니까.

―리얼리티 드래곤즈!

"와아아아아!"

신인, 기성 할 것 없이 동료 뮤지션들에게서 터지는 우레와 같은 박수.

사람들의 환호를 받으며 무대 위로 올라가는 발걸음에 절로 힘이 들어갔다.

―축하드립니다! 수상 소감을 말씀해주시죠!

멤버들 모두 간단하게 소감을 말하고, 다음으로 공연 순서가 되었다.

공연을 할지 말지는 아티스트가 선택할 수 있었다.

벤이 입을 열었다.

"어때? 난 하고 싶은데, 너희들은?"

"난 찬성."

"당연히 해야지."

"물론 한다."

그렇게 자신들의 타이틀곡을 공연했다.

로렌스가 비웃었다.

'내 도전을 받지 않는 거냐? 결국 그 정도였나. 너는?'

리얼리티 드래곤즈는 무대에서 내려오려고 했으나…….

―즐겁게 공연을 봐주셔서 감사합니다. 하지만 내려가기 전에 여러분들께 들려드리고 싶은 게 있습니다.

알렉스가 마이크를 잡고는 관객들에게 말했다.

"……?"

리얼리티 드래곤즈의 다른 멤버들은 멍한 표정이 되었고, 청중은 놀란 얼굴이 되어 그를 보았다.

"뭘 하려는 거야? 알렉스?"

"꼭 하고 싶은 게 있어서 그래."

세 멤버는 알렉스의 눈빛을 읽었다.

그렇기에 그를 말릴 수 없었다.

로렌스는 입가에 호선을 그렸다.

'그래… 그래야 너지. 어디 한번 보여 봐라.'

그리고 사람들이 인정하길 원했다.

로렌스 카마인이야말로 기타의 일인자라는 것을.

그래미 메이저 어워드에 진정으로 어울리는 자라는 것을.

"PD님. 어떻게 할까요?"

"음… 그냥 놔둬. 어떻게 되나 보자고."

"그래도 괜찮을까요?"

"내가 운으로 그래미 어워드를 담당하게 된 건 아니라네."

그래미 어워드 진행 관계자들은 순간 당황했지만, 알렉스의 돌발행동을 제지하지 않았다.

잘 되면 좋고, 논란거리가 되어도 그만이다.

그것도 일종의 마케팅이니까.

―제가 모 인터넷 커뮤니티에서 익명의 기타리스트를 보았습니다. 감히 이르건대, 그의 연주는 현재와 과거를 막론하고, 세계 제일의 기타리스트라는 이름이 무색하지 않을 정도로 훌륭했습니다.

알렉스의 파격적인 발언에 좌중이 술렁이기 시작했다.

'세계 제일의 기타리스트.'라는 칭호는, 톱클래스 밴드인 그의 입에서 나오기엔 너무나도 무거웠으니까.

'무슨 꿍꿍이냐… 알렉스!'

로렌스도 당황스럽긴 마찬가지였다.

―저는 그의 연주를 하루도 빠지지 않고 듣기 시작했습니다. 아니, 들을 수밖에 없습니다. 기타를 좋아하는 사람이라면, 그의 연주를 한 번이라도 들어보세요. 제가 왜 이 자리에서 이런 말을 하는지 모두들 뼈저리게 공감하실 겁니다.

알렉스가 침을 꿀꺽 삼키고 말을 이었다.

―물론, 대부분의 사람들이 이 자리를 떠나면 제 말을 잊어

버리실 걸 알기에, 턱없이 부족한 실력이지만 제가 대신이나마 그의 연주를 들려드리려고 합니다.

연설은 거기서 끝이었다.

알렉스는 묵묵히 등에 걸쳐놓은 자신의 기타를 고쳐 잡았다.

그는 그래미 어워드 시상식이 다가오기만을 손꼽아 기다렸다.

오직 이 날만을 위해서 얼마나 미친 듯이 연습했는지 자신도 모른다.

굳은살이 굵게 박인 손가락이 기타 줄에 베여 피가 흐를 정도로.

며칠 동안 밤을 지새워 응급실에 실려 가기 직전까지도 가봤다.

하지만 닿을 수 없었다.

결국 골드 핑거… 아니, 그랜드 마스터에게는 말이다.

우습게도, 그렇기에 더 흐뭇했다.

닿을 수 없기에 이상향이 존재한다는 것을 알기에.

그가 기타 줄을 튕겼다.

'말도 안 돼……!'

로렌스는 믿을 수가 없었다.

LA 스테이플스 센터 스타디움에 전율이 일었다.

그래미 어워드 실시간 중계 사이트와 미국 언론은 난리가 났다.

['알렉스 베네딕트' 세계 최고의 기타 플레이를 보여주다!]

[익명의 기타리스트, 그래미 어워드를 진동시키다!]

—우와… 알렉스한테 저런 능력이 있었나?

—여기 링크 걸었어요. 원본 들어보세요. 훨씬 더 쩝니다. 저 완전 소름 돋았어요.

—헐… '이 영광을 익명의 한국 기타리스트에게 돌리고 싶습니다.'라니… 그 정도인 거야? 대박.

—저게 뭐가 대단하다고? 그냥 리얼리티 드래곤즈 공연 때 기저귀 차고 가면 되는 거 아닌가?

—저 기타 원연주자가 그래미 어워드 다 휩쓸어도 인정한다.

*　　　　*　　　　*

"수고하셨어요. 알렉스. 정말 멋진 연주였습니다!"

제레미가 반겨왔다.

"감사합니다."

"도대체 그 기타리스트가 누구죠? 저도 꼭 뵙고 싶네요."

"하하. 사실 그게 문제입니다."

"예?"

"저도 만나보고 싶은 마음이 굴뚝같습니다. 그래서 한국에 갔는데, 아쉽게도 정체조차 알 수 없었네요."

"아, 그래서……?"

"그런 거죠."

혹시라도 그 기타리스트가 그래미 어워드 시상식을 본다면, 언젠가 연락이 닿지 않을까.

그런 생각에서였다.

"어쨌든, 지금은 이 순간을 즐길 때입니다. 가서 한잔하자고요."

"예."

발걸음을 옮기던 제레미는 문득 알렉스가 자신에게 했던 말이 떠올랐다.

"아, 참. 일전에 말씀하셨던 그 GCM 엔터테인먼트 말입니다만."

"네."

"제가 여러모로 조사해봤는데, 그 회사는 신생이지만, 작년부터 영업 이익률이 매우 뛰어나더군요. 그런데 문제인 게 GCM 엔터는 자사 또는 협력 업체의 공연장을 소유하고 있지를 않습니다."

"흠……. 그렇다면 별수 없군요. 아쉽네요. 내한 공연은 좀 더 생각해보는 걸로……."

"아니요. 그럴 필요는 없지요. 명색이 리얼리티 드래곤즈인데 그쪽도 어떻게 해서든 대안을 세우지 않겠습니까?"

"방법이 있는 거예요?"

"알렉스가 필요하다면 만들어야죠."

*   *   *

'올해 그래미 어워드 메이저 상은 누가 수상했더라?'

회귀는 했지만, 아쉽게도 모든 걸 기억할 수는 없는 법.

그래도 2010년대 후반에는 대부분 기억하고 있다는 게 다행이라면 다행이었다.

'차라리 그래프 같은 거 말고 뭐 완전 기억 능력이라든가……'

생각하던 현일은 입맛을 다셨다.

그런 것까지 바라면 그게 바로 과욕이니까.

'리얼리티 드래곤즈도 하나 받았네.'

그들의 공연 차례가 되었다.

그때 전화기가 울려 현일은 영상을 멈추었다.

─날세.

"박준 이장님?"

일전에 동해에서 현일에게 깨달음(?)을 주었던 그 노인이었다.

─뭘 그리 놀라는가. 내 조만간 연락하겠다 말했을 터인데.

"아니, 그거야… 뭐……. 그렇긴 하지요."

현일은 뒷머리를 긁적였다.

동해에서 떠나올 때, 같이 밥 한번 먹은 것처럼 그냥 인사치레로 한 말이라 생각했는데, 설마 진짜로 연락해 올 거라곤 생각하지 않았다.

그것도 이렇게나 빨리.

─하여튼, 내가 전화를 한 이유는 다름이 아니라, 자네의 도움을 받고 싶어서라네.

"예……? 딱히 그쪽엔 제가 도와드릴 일이 없을 것 같은데요."

잔심부름을 시키려는 속셈이라면 극구 사양이다.

─있어. 일단 오면 설명해 주겠네. 이번 주 안으로 와주게나.

"저… 왜 그러시는지 이유부터……."

─예끼, 이 사람아! 자고로 사회는 기브 앤 테이크이거늘. 내가 자네를 도와줬으니, 자네도 날 도와야 하지 않겠는가! 젊은 양반이 이리 세상사는 이치를 몰라서야… 쯧쯧쯧쯧…….

"아니, 그게 저도 할 일이 있는……."

─아무튼 일주일 안으로 오게.

전화는 거기서 끊겼다.

"이게 무슨……?"

현일은 황당했지만, 그래도 거절할 생각은 아니었다.

어차피 하루 정도 시간을 못 낼 깃도 없었다.

박준의 말대로 온 게 있으면, 마땅히 가는 것도 있어야 하는 법이니까.

＊　　＊　　＊

강원도 동해.

"안녕하세요."

"이제야 오는가? 많이도 늦었군."

"……."

전화받고 다음 날 바로 온 것인데 이런 처사라니.

그러나 밥숟가락 든 횟수만 해도 수만 번은 차이 날 사람에게 화를 낼 수는 없는 노릇이었다.

"내가 왜 자네를 불렀나 궁금할 테지?"

"네."

"일단 앉게나."

대부분 원목 가구로 인테리어 된 박준 이장의 집은, 검소한 듯 단출하면서도 어딘가 고풍스러운 멋이 있었다.

직접 탁자를 만져보니 실로 매끄럽고 번쩍번쩍 광택이 나는 고급 원목인 것 같았다.

"함부로 만지지 말게. 나름 고급 가구이니 말이야. 혹여 때라도 타면 자네가 물어줘야 하네."

현일은 박준이 자신의 카메라를 내려치던 것이 생각났지만,

입 밖으로 꺼내지는 않았다.

"예."

"크흠! 자네, 작곡가라고 했는가?"

"그렇습니다."

"우리 마을이 이번에 어떤 지역 행사인지 뭐시긴지를 하려고 하네만, 내가 이쪽으로는 통 감이 안 잡혀서 말일세. 나도 왕년엔 이런 덴 도가 텄는데 머리가 굳었나 봐."

"지역 행사요?"

"그래. 지방자치단체장을 맡고 있는 친구 녀석이 있는데, 글쎄 고 녀석이 하도 말을 하지 뭔가. 우리 도시도 부가 수익을 창출해야 하지 않겠느냐고."

"그렇군요."

"평소엔 요직에 앉았다고 그렇게나 거들먹거리던 놈이 저 혼자서는 할 줄 아는 게 없으니 원. 에잉, 쯧쯧쯧……."

"하기 싫으면 거절을 하면 되지 않습니까."

그러자 박준 이장은 버럭 소리를 질렀다.

"언제부터 세상살이가 그리 만만해졌는가? 하기 싫다고 안 하게!"

"그거야… 그렇죠."

그는 다시 헛기침을 하고는 조심스레 말문을 열었다.

"사실은 우리 딸내미가 곧 강태성 그 친구의 아들과 혼인을 한다네."

듣자 하니 강태성이란 사람이 지자체장의 이름인 것 같았다.

"축하드립니다."

"그게 문제란 말일세!"

"…유감입니다."

"아니, 그런 경사스러운 일에 유감을 표해서야 되겠는가! 내가 얼마나 손주 보기를 학수고대했는데!"

"…죄송합니다."

"죄송할 짓을 했으면 날 도와줘서 갚으면 된다네."

"예! 뭡니까? 그게!"

일순간 박준 이장의 입꼬리가 슬쩍 올라간 것 같았지만, 현일은 애써 못 본 척 했다.

"흠흠, 어릴 때부터 금이야 옥이야 키운 딸아이를 시집보내는데, 이 늙은이가 혼수를 해주겠나 뭘 해주겠나."

"말씀하십쇼."

"그래서 혼수 대신이라고 하긴 뭐하지만, 그 강태성이 일을 자네가 어떻게 좀 해주게. 분명 지역 문화 콘텐츠라고 했던가? 그리고 이건 비단 나뿐만이 아니라 도시의 일이기도 하니, 어찌 나 혼자 안 하겠다고 할 수 있겠나?"

현일의 눈썹이 뒤틀렸다.

"하지만 지역 문화 콘텐츠는 이 지역 주민들만 참여할 수 있을 텐데요?"

"흠… 그랬던가?"

"네."

"그렇다면 그 문제는 어서 해결을 해보게."

"……."

*   *   *

'이럴 수가…….'

지방자치단체장에게 지역 문화 콘텐츠를 열어도 좋다는 말을 들었다.

안 된다는 말을 기대했는데 말이다.

물론 서울 같은 대도시는 폴 매카트니가 와도 함부로 열어주지 않지만, 인구가 적은 소도시는 웬만해선 열어주니까.

하여튼 그 뒤에 현일이 가장 먼저 한 것은 건물을 사는 거였다.

원래 소유주가 내건 금액의 두 배를 제시하니 명의 이전도 일사천리였다.

새로 얻은 건물로 주소지 변경을 신청했지만, 사실 상가 건물인지라 사람이 살 만한 곳은 아니기에, 호텔을 잡았다.

'이왕 하는 거 제대로 해보자.'

생전 딱 두 번 와본 동해시를 위해 지역 문화 콘텐츠를 만드는 게 쉬운 결정은 아니었다.

그 과정에서 시간과 많은 돈을 썼지만 그래도 괜찮았다.

'휴가도 참 많이 즐겼네.'

만약 이 일이 잘 되면, 이게 다 마케팅이고 이름값이 되는 거니까.

미래를 위한 투자인 것이다.

그렇게 방 안에서 기획을 구상하고 있는데, 누군가가 문을 노크했다.

문을 열자 웬 호텔 직원이 서 있었다.

"룸서비스 안 시켰습니다."

그러자 직원이 영업용 미소를 지으며 대답했다.

"그게 아니라, 방을 옮겨드리려는데 의사를 여쭤보기 위해서 왔습니다."

"방을? 무슨 일이 있나요?"

"고객님 성함이 최현일 되시죠?"

"네."

"GCM 엔터테인먼트의 작곡가. 맞으십니까?"

"맞습니다."

"저희 디클래스101 호텔 측에서 서비스 차원으로 최상층의 스위트룸으로 방을 옮겨드리려고 합니다. 물론 원하지 않으시면 여기에 계셔도 됩니다."

"아닙니다. 가죠."

공짜로 스위트룸을 내주겠다는데 마다할 이유가 없었다.

"네. 저를 따라 오시기만 하면 됩니다. 안의 짐은 모두 우리 직원들이 가지고 올라갈 겁니다."

"그런데 왜죠?"

"호텔 아쿠아 팰리스의 얘기는 들었습니다."

"그렇군요."

디클래스101은 미래 그룹이 소유한 특2급 호텔이었다.

아쿠아 팰리스와는 어떤 사이인지는 몰라도, 나중에 자기들도 도와달라는 의미인 것 같았다.

'그럴 기회가 있을지는 모르겠지만.'

굳이 만들고 싶은 생각도 없었고.

한편, 디클래스101은 한 통의 전화를 받았다.

"네, 디클래스101입니다. 무엇을 도와드릴까요?"

─날세. 거기 사장 좀 연결해 주게.

목소리의 주인공을 알아차린 직원은 허겁지겁 기다려달라는 말을 남겼다.

곧 몇 번의 신호음이 울리고 사장이 전화를 받았다.

─이 친구야. 내 개인적인 용무는 휴대폰으로 연락하라고 몇 번이나 말하지 않았나?

─흘흘… 도통 전화번호를 기억할 수가 있어야지 말이야.

─그래. 이번엔 또 무슨 일인가?

─내가 맨날 부탁이나 하는 염치없는 사람처럼 몰아가지 말게. 하여튼, 최현일이라는 작곡가 혹시 아는가?

—아, 물론 알지. 오늘 우리 호텔에서 묵기에 스위트룸으로 방을 옮겨줬는데.

—흘흘흘… 참 장한 일을 했구만. 그게 말이야…….

*　　　　*　　　　*

"지역 문화 콘텐츠라고 너무 거창하게 생각할 것 없네. 끝은 비대해야겠지만, 시작은 조촐해도 좋다네."

"듣던 중 다행이로군요. 그런데, 부탁이 있습니다."

"뭔가?"

"동해문화예술회관을 빌려야 할 것 같습니다."

"알았네. 내 그리 말해둘 터이니 마음대로 쓰게."

"휴… 솔직히 그거라도 안 되면 어떡하나 막막했습니다."

"애초에 한 명에게 그 큰일을 맡겨놓고 어찌 염치없이 대단한 걸 바라겠나. 아무튼 알아서 잘 해보게나. 자네 이름 걸고 하는 일인데 혹시 모르지."

"뭐가요?"

"동해의 인기 스타가 될지도. 흘흘흘."

그런 건 바라지 않는다.

어쨌든 확실히 지자체장과 친구 사이란 것은 진실이었는지, 동해문화예술회관을 대여하는 것에 성공했다.

'그럼 이제 작곡을 하면… 그걸 부를 사람이 필요한데.'

누굴 불러야 할지 고민이었다.

인구의 대부분이 임·어업에 종사하는 시골인 만큼, 아이돌 가수는 제외다.

'김성아?'

물론 만인에게 사랑받는 그녀라면 좋겠지만, 다른 소속사 연예인을 오라 가라 하기도 그렇다.

그렇게 할 수도 없고.

'그럼 결국 이하연이랑 MMF인데…….'

이하연도 어찌 보면 아이돌이지만, 그 성격은 다르니까.

'트로트도 잘 부르던데.'

이내 이하연은 지금 전국 투어 중이라는 것을 떠올리고는 고개를 저었다.

'MMF… 괜찮을까?'

지금부터 만들어야 될 노래도 MMF의 성격과는 다르게 될 것 같았다.

가수가 장르가 다르다고 못 부르는 건 아니지만, 기존의 이미지란 게 있으니까.

'목 상태는 나아지긴 했는데.'

현일은 상념을 떨쳐냈다.

어차피 성대 결절은 남선호가 극복해야 할 난관이다.

"그런데 어떤 노래를 만들어야 좋을까요? 여긴 시골이잖습니까. 제가 트로트는 한 번도 써본 적이 없어서……."

"에잉, 작곡가라는 양반이 말이야. 쯧쯧."

"……."

"큼, 사실 우리 마을엔 동해에 관한 노래가 전해 내려오고 있다네."

"어떤 노랩니까?!"

소재에 도움 될 만한 거라면 무엇이든 환영이다.

이미 노래까지 있다면 가사는 거저 얻은 거나 다름없고 말이다.

"어떤 노래를 만들 생각인가?"

"바다를 담아야죠."

*　　　　*　　　　*

"이제 좀 괜찮으십니까?"

"네. 몇 달 쉬니까 낫네요. 물론 노래 부르는 것도 문제없습니다."

MMF는 갑자기 동해로 오라는 현일의 말에 눈이 휘둥그레졌다.

군말 없이 오긴 했지만, 이런 변방 시골에서 무얼 하겠다는 것일까.

그것도 각종 음향·음악 장비까지 가져오라니 말이다.

현일이 한 건물을 가리켰다.

"저기가 동해문화예술회관입니다. 앞으로 일주일 후에 MMF는 여기서 공연을 하게 될 겁니다."

"예……?"

"평소와 다를 것 없습니다. 노래는 다르겠지만요."

"…저건 뭐죠?"

어느새 문화회관 앞에는 플랜카드도 걸려 있었다.

'자랑스러운 동해의 시민! 유명 작곡가 최현일이 주최하는 지역 문화 콘텐츠! 너도나도 보러 오세요!'라고.

현일은 억지 미소를 지었다.

"저건 신경 쓰지 않아도 됩니다. 중요한 건 여기서 MMF의 컴백 무대가 펼쳐질 거란 거죠."

이런 데서?

언제부터 MMF의 위상이 이렇게까지 추락했을까.

선현주가 언짢은 얼굴로 물었다.

"농담이시죠……?"

"농담 아닙니다. 당장 내일부턴 공연용 트럭 타고 홍보하러 다녀야 돼요."

"……."

"물론 컴백 무대는 농담 반 진담 반으로 한 말이고, 지역 문화 콘텐츠도 열 겸 MMF는 곧 돌아온다는 사실을 알리기 위한 목적이 강하죠. 아마 언론엔 노인들을 위한 자선 공연 같은 걸로 보도가 될 겁니다."

사실이기도 하고.

"좋습니다. 그런 거라면 해야죠."

어차피 MMF가 거절할 입장도 아니다.

오히려 자신들을 위해 뭐라도 해주는데 고마워해야 마땅하
다.

"여기 가사랑 악보 받으시고, 힘드시겠지만 내일까진 악보
안 봐도 칠 수 있게끔 해주세요."

"장르는 그대로 일렉트로닉인가요?"

"여기서 그런 장르를 하기는 좀 무리가 있죠. 음, 뭐라고 해
야 될까… 그냥 대중음악이라고 해두죠. 일단 급한 대로 만들
었습니다. 여러분들이 MMF의 스타일에 맞게, 그러면서도 기
존 노래의 틀에서 벗어나진 않게 편곡도 해주셨으면 합니다."

"으음……"

남선호가 침음을 흘렸다.

꽤 쉽지 않는 주문이었다.

"가능하다면요."

"네. 닿는 데까진 해봐야죠. 공연은 며칠 동안 합니까?"

"삼 일이면 됩니다."

Chapter 7
현실에 드래곤이

남선호가 손뼉을 치자 멤버들의 이목이 집중되었다.

"그럼 지금부터 이 노래를 어떻게 완성시켜야 될지 생각해 보자고."

미완성이라고 했으나 역시나 MMF를 실망시키지 않았다.

이 정도면 거의 편곡은 거저먹는 수준이었다.

예전부터 놀라웠다.

각 파트에 따라 연주자가 미처 생각하지 못하거나, 실수할 수 있는 포인트를 정확하게 짚어주는 센스는 아무나 할 수 있는 게 아니다.

마치 어려운 걸 어렵게 설명하는 건 누구나 할 수 있지만,

어려운 걸 쉽게 가르치는 건 진정한 실력자만이 할 수 있는 것처럼.

어떻게 그 젊은 작곡가의 악보에 수많은 연륜과 경험으로 축적된 것 같은 노하우가 담겨 있는지.

덕분에 머리를 짜내는 게 그리 어렵지만은 않았다.

다음 날.

편곡과 연습으로 밤을 샌 덕분에 정오 전까지는 제법 그럴 듯한 연주를 보여줄 수 있었다.

덕분에 오후는 죽은 듯이 누워 있어야 했지만.

"자, 자. 모두 일어나십쇼. 이제 홍보하러 가셔야죠."

부스스 뜬 눈으로 그럭저럭 끼니를 때우고 얼른 공연 준비를 했다.

선현주가 물었다.

"진짜 하는 거예요? 공연 트럭 타고?"

무슨 선거 유세도 아니고, 그렇다고 공연도 아닌 홍보를 위해 타야 한다니.

"아니요. 말이 그렇다는 거고 그냥 공연하러 가는 거죠. 동해 몇 바퀴 순회하면서."

뭔 차이가 있겠냐만은.

"그래도 MMF 결성 초창기 시절이 생각나서 좋네요. 동네 공원 같은데서 트럭 타고 공연 다니고 그랬는데."

남선호가 피식 웃고는 멤버들을 돌아보며 말을 이었다.

"우리 초심을 잃지 말자구."

멤버들이 고개를 끄덕였다.

하나둘씩 트럭에 탑승하고 각자의 악기를 잡았다.

얼마 후.

동해시를 대부분 순회하는데 걸린 시간은 약 한 시간 정도였다.

큰 도시는 아닌지라 멤버들도 부담 없이 홍보를 마무리할 수 있었다.

단지 조금 걱정이 될 뿐.

"과연 노래를 듣고 찾아오는 사람이 있을까?"

차라리 번화한 도시라면 MMF의 이름만 듣고도 올 사람이 지천에 널렸다.

하지만 시골에서 공연을 해본 경험은 없으니 불안한 것도 무리는 아니었다.

"두고 보면 알겠지."

*　　　　　*　　　　　*

동해문화예술회관.

"…우리 완전 망한 거 아냐?"

MMF의 멤버 중 하나가 허탈한 듯 내뱉었다.

그들의 공연 예정 시간은 오후 3시.

오후 2시가 되었는데도 회관 안에는 관객이 단 한 명도 보이지 않았다.

"원래 공연 한 시간 전이면 적어도 반의반은 와서 앉아 있어야 하는데……."

심지어 회관이 큰 것도 아니다.

의자는 대략 90개 정도.

서서보는 사람도 있다고 치면 약 150명 정도가 들어갈 수 있는 공간이었다.

"망하긴 뭘 망해? 우리가 여기 있는 거 아는 사람이 없으니까 그렇지."

"언론에 보도한다고 하지 않았던가?"

"그거야 공연이 끝난 뒤고."

"그럼 어제 홍보하러 다닌 건?"

"그것까진… 나도 잘……."

선현주가 뒷머리를 긁적였다.

그러나 다행히도 걱정은 기우에 불과했다.

공연 십분 전, 하나둘씩 모이기 시작했고, 그로부터 다시 30분이 지났을 땐 빈 의자가 없었다.

비록 공연 시작은 예정보다 늦어졌지만, MMF는 기쁜 마음으로 노래를 연주할 수 있었다.

이렇게 적은 수의 관객과 함께 공연을 하는 것도 꽤나 감회가 새로웠다.

마치 MMF를 정말로 좋아하는 열성 팬들만 데리고 공연한다면, 그게 이런 기분이 아닐까 생각이 들었다.

'어차피 소규모 공연이니 이 정도로 만족해도 되겠지.'

MMF는 그렇게 생각했지만, 관객은 그렇지 않았다.

"야~ 설마 MMF가 소리 소문도 없이 동해에 오다니… 이게 꿈이야 생시야?"

"그러게. 이게 웬 떡이냐? 빨리 SNS에 올려서 자랑해야지. 히히."

누군가는 SNS에, 누군가는 유튜브에 MMF의 영상을 업로드하기 시작했다.

＊ ＊ ＊

첫 공연 이후로 'MMF 근황'이라는 제목으로 온갖 사이트를 떠돌아다니는 영상은 인터넷에서 화제가 되었다.

공연이 시작되기 전, '이렇게 아름다운 바다가 있는 곳에 오게 돼서 너무 좋다.'는 남선호의 기획된 멘트.

그 덕분에 동해라는 도시의 존재조차 몰랐던 사람들이 관심을 가지기 시작했다.

—강원도… 엄청 머네요. 내일도 공연 있나요?

—있다고 합니다.

─멀어도 가야죠! 저기 MMF만 있습니까? 제가 동해 몇 번 가봤는데 정말 시원하고 좋습니다.

─ㅇㅇ 맞음. 휴가랑 호텔 잡고 며칠 실컷 놀다 오시면 또 가고 싶어짐.

─바다 앞에서 텐트치고 바비큐 파티 하는 게 꿀잼인데.

─MMF가 드디어 컴백하나?

─팬 사인회도 한다는 얘기가 있던데요.

누구는 MMF를 보기 위해, 누구는 동해를 보기 위해.

대부분은 둘 다를 위해.

사람들은 점점 동해시를 찾아 나섰다.

'이것 참 곤란하네.'

사람들이 오는 건 좋은데 이미 예술회관은 더 이상 들어올 수 없을 정도로 가득 차있는 상태였다.

언제나 덩치가 커지면 꼭 불화가 생기는 법.

뒤에서 길고 긴 줄을 기다리는 사람들의 입에서 점점 불만이 나오기 시작했다.

"거 공연 본 사람들은 좀 나옵시다! 예?"

"당신들만 관객이에요? 우리들도 귀 있거든요?"

"저기요. 저 사인 하나만 받고 갈 테니까 잠시만 비켜주면 안 될까요?"

"웃기지 마쇼."

이걸 어찌해야 하나 고민하는 현일에게 예상치도 못한 곳에서 전화가 왔다.

─지역 문화 콘텐츠가 제법 흥행하고 있는 것 같군요.

'호텔에서 왜……?'

디클래스101로부터 걸려온 전화였다.

"그러네요. 아무튼 스위트룸은 편하게 지냈습니다. 그런데 무슨 일이신가요?"

─다름이 아니라, 바로 그 지역 문화 콘텐츠 때문에 전화를 드린 겁니다. MMF 덕분에 관광객이 늘어나 저희 호텔의 매출이 올랐거든요.

사실이었다.

수많은 관광객들의 수요로 인해 숙박업소뿐만 아니라 동해시 대부분의 상업 지구가 그 값을 톡톡히 보고 있었다.

"네."

─그래서 저희 호텔이 지역 문화 콘텐츠를 후원하고 싶습니다.

현일은 속으로 쾌재를 불렀다.

미래 그룹의 자회사인 디클래스 호텔을 등에 업는다면, 지역 문화 콘텐츠는 날개를 다는 것이나 마찬가지다.

지역 문화 콘텐츠가 한두 번 하고 끝인 것도 아니니 박준이장이 귀찮게 할 일이 줄어들 것이다.

그러나 현일은 기쁜 마음을 내색하지 않았다.

"어떻게 말입니까?"

─저희가 아쉽게도 행사장은 아직 준비되어 있지 않지만,

호텔 건물 앞에 꽤 넓은 공간이 있습니다. 최대 오백 명까지 수용할 수 있고, 공연에 필요한 건 모두 저희가 제공하겠습니다.

'결국 그런 의도였군.'

호텔 앞에서 공연이 끝나면 그 관객들은 자연스레 숙박업소를 찾게 될 것이다.

그리고 그 '숙박업소'는 공연장 바로 앞에 있게 될 거고.

그의 말이 이어졌다.

─물론 MMF에게도 전원 스위트룸이 제공될 겁니다. 호텔에 있는 동안 최상의 서비스로 모시겠습니다. 다시 오고 싶을 정도로 말입니다.

"좋습니다."

물론 거절할 이유는 없다.

둘 모두에게 좋은 제안이니까.

['Make Me Famous' 화려한 컴백을 예고하다!]

─한동안 보컬리스트의 건강 악화로 인해 잠정적 활동 중단을 선언했던 MMF.

그들은 최근 강원도 동해시에서 깜짝 공연을 개최해 마지막 날, 공연 끝에 보컬리스트 '남선호'가 다음 달이면 MMF가 컴백할 것을 예고했다.

한편, 동해시에서의 공연은 지역 문화 콘텐츠일 뿐만 아니라, 자연의 소중함을 알리고 시골 마을의 노인들을 위한 소박한 자선 공연으로 시작한 것이 알려져 각박한 현대 사회를 살아가는 대중들에게 따뜻함을 전해주고 있다.

*　　　*　　　*

GCM 엔터테인먼트.

"저도 모르는 새에 큰일을 저지르고 오셨네요."

"그럼. 아주 장한 일을 했지."

아닌 게 아니라, 현일은 동해시에서 작은 표창장도 받았다.

"위 시민은 자랑스러운 동해시의 주민으로서 지역 사회의 발전을 위해 열과 성을 다해주었으므로 지방자치단체장의 이름으로 표창장을 수여함. 어때?"

현일은 표창장에 적혀 있는 내용을 읊어주었다.

"잘한 건 잘 한 건데, 자꾸 아무런 말없이 그러시면 안 된다니까요?"

"크흠, 그래도 MMF는 매니저한테 미리 연락했다고. 데려가겠다고."

"아무튼, 대체 거기서 그런 일을 벌인 이유가 뭐예요?"

현일은 자초지종을 늘어놓았다.

"…그 덕에 MMF의 이미지도 좋아지고, 우리 회사 매출도 늘고. 일석이조지."

변명이 아니었다.

아쿠아 팰리스와 디클래스101은 두 호텔에 연이은 성공을 가져다주었다.

때문에 현재 전국의 유명 호텔은 대대적으로 연예인 캐스팅 및 쇼케이스 사업에 전폭적으로 투자하고 있었다.

그렇게 되면 연예 기획사는 다양한 수입원을 확보하게 될 것이고.

이게 바로 누이 좋고 매부 좋은 것 아니겠는가.

이지영은 뭔가 한마디하고 싶었지만, 구구절절 맞는 말이라 한숨만 쉬고 끝이 날 수 있었다.

정확히는 현일에게 전화가 와서이지만.

"그럼 바빠서 이만."

현일은 전화기를 꺼내 액정을 보았다.

한준석이었다.

'설마……'

동해에서 있었던 일을 질책하려는 것은 아닐까, 생각했으나 이내 고개를 저었다.

둘은 서로의 비즈니스를 존중해주고 있으니까.

전화를 받자, 아니나 다를까 동해와 MMF에 대한 얘기가 나왔지만 역시 그 때문에 전화한 것은 아니었다.

─미국에서 전화가 왔더군요. 국번이 1─212였던걸 보면 뉴욕에서 온 전화 같은데, 혹시 최근에 뉴욕에 갔다 오신 적 있습니까?

"예? 아니요. 그 뉴욕에서 뭐라고 하던가요?"

―GCM 엔터테인먼트와 같이 공연을 하고 싶다더군요.

"누구죠?"

―그냥 직접 얘기해 보시는 게 빠를 것 같습니다. 그쪽에 전화번호 드려도 괜찮겠죠?

"네."

그리고 잠시 기다리자 1―212에서 전화가 왔다.

'수신자 부담이 아니라면 좋겠군.'

실없는 생각을 하며 전화기를 귀에 붙이니 유창한 영어가 들려왔다.

―안녕하세요. 유니버설 뮤직의 제레미 맥라렌이라고 합니다. 그쪽이 GCM의 대표님 맞습니까?

현일은 미국 3대 메이저 레이블 중 하나를 지칭하는 이름에 흠칫 놀라며 의문을 표했다.

"맞습니다만."

―대표가 두 분이라더니 정말이었군요. 하여튼, 리얼리티 드래곤즈의 내한 공연이 모종의 사정으로 무산되어서요. GCM 엔터와 함께 준비하고 싶습니다. 어떠신가요?

"비즈니스 파트너십입니까?"

―네!

"예……? 제안은 무척 좋지만, 그건 유니버설 뮤직에서 충분히 가능한 사안 아닙니까?"

―물론 그렇습니다. 하지만 리얼리티 드래곤즈가 GCM과 함께하고 싶다더군요.

현일은 쉽사리 상황 파악이 되지 않았다.

유니버셜 뮤직은 프랑스의 미디어 기업인 비방디가 소유하고 있는 여러 회사 중 하나다.

원한다면 한국에 전용 스타디움을 건설할 수도 있을 정도로 어마어마한 자본력을 가진 기업이고.

그토록 큰 회사가 어찌 GCM과 파트너십을 체결하고 싶어 하는지도, 리얼리티 드래곤즈가 왜 GCM에 관심을 가지는 지도 말이다.

'뜬금없이 뉴욕에서 한국으로 사기를 칠 리도 없고······.'

그런 종류의 보이스 피싱이 있다는 얘긴 전생에서도 들어보질 못했다.

그것도 연예 기획사를 상대로 말이다.

"그 이유가 뭡니까?"

―리얼리티 드래곤즈가 개인적으로 GCM에 상당한 호감을 가지고 있네요. 저도 영업하는 사람인 이상, 우리 소속 대스타의 뜻에 맞춰줘야죠. 하하하. 참고로 저도 그 이상은 모릅니다. 그냥 그렇게 전해 달라고만 들었거든요. 직접 만나보시면 자세한 이야기를 들으실 수 있겠죠?

*   *   *

미국.

"이쪽입니다. 따라오세요."

공항에 도착한 현일을 제레미가 반겨주었다.

전형적인 서양인의 모습.

깔끔한 정장에 금발, 푸른 눈이 인상적이었다.

둘은 명함을 주고받았다.

Jeremy Taylor, The General Manager of New York, Univasal Music.

'이거 높은 분께서 오셨군.'

미국에서 제너럴 매니저라면, 한국에서 얼추 본부장쯤 되는 직책이었다.

'하긴 나도 나름 대표니까.'

종종… 이라기 보단 자주 그 사실을 잊어버릴 때도 있지만 말이다.

그래서 좋다.

자신은 작곡가니까.

제레미가 반색하며 입을 열었다.

"원래 새로운 파트너를 만나면 간단한 식사 후에 위스키 한 잔 하는 게 저의 방식인데, 아쉽게도 리얼리티 드래곤즈가 당신을 한시라도 빨리 보고 싶어 하는군요."

"그럼 다음 기회에 하죠 뭐."

"하하하! 쿨해서 좋습니다. 좋아요. 꼭 다음에 같이 시간을 내도록 하죠."

"어서 갑시다."

"네, 이쪽으로."

현일은 살짝 부푼 마음을 안고 발걸음을 옮겼다.

'그래미 어워드를 받은 리얼리티 드래곤즈라……'

＊　　　　＊　　　　＊

"여깁니다. 이 문으로 들어가시면 아마 연습에 열중하고 있는 멤버들이 보일 거예요."

"이런, 제가 바쁠 때 찾아왔나 보네요."

그러자 제레미가 손사래를 쳤다.

"아니요. 전혀 그렇지 않습니다. 원래 그들은 할 일이 없으면 언제나 연습을 곧잘 하거든요."

"알 것 같습니다."

음악을 좋아하니까.

뮤지션에게 있어서 그것보다 더 어울리는 이유가 있을까.

"그럼 전 이만 여기서 물러나도록 하겠습니다."

"예, 감사합니다. 다음에 뵙시다."

제레미는 현일과 리얼리티 드래곤즈가 편히 대화를 나눌 수 있도록 자리를 비켜주었다.

서로의 사업과도 관계된 일이니 제레미가 껴 있어도 안 될 건 없지만, 그건 리얼리티 드래곤즈가 따로 그에게 연락을 할 테니까.

이런저런 생각을 하며 문을 열고 들어갔다.

'역시. 리얼리티 드래곤즈 정도 돼서 그런가? 연습실도 호화스러운데.'

건물을 증축해서 GCM 엔터테인먼트의 초창기 멤버인 Make Me Famous에게도 따로 내줘야 할까 생각이 들 정도로(물론 이하연이 원년 멤버지만 솔로니까 예외다.) 말이다.

유리창 너머에 각종 악기와 음향 장비가 있는 곳이 그들의 연습실이었고, 그곳과 라운지가 연결되어 있는 형태였다.

라운지엔 작은 바(Bar)도 있었고, 대형TV, 비디오 게임기 등등의 즐길 거리가 많았다.

그중에서도 현일을 가장 크게 놀라게 만든 것은…….

'Make Me Famous의 노래잖아!'

그랬다.

리얼리티 드래곤즈가 MMF의 노래를 부르고 있다는 거였다.

"오셨군요."

이윽고 현일을 발견한 리얼리티 드래곤즈가 연습실을 나왔다.

"알렉스 베네딕트."

그가 가장 먼저 다가와 악수를 청했다.

"하하하, 절 알아보시는군요."

"당연하죠, 얼마나 유명하신 분인데."

"꼭 그렇지는 않더라고요."

"예?"

"아무것도 아닙니다. 어쨌든 이쪽이……."

그가 한 명씩 리얼리티 드래곤즈의 멤버들을 소개해 주었다.

차례대로 악수를 나누고 TV 앞 소파에 앉았다.

굳이 이르자면 응접실 정도 되는 곳이었다.

"많이 놀라셨죠?"

"네, 설마 우리 밴드의 노래를……."

"좋아합니다. 가사가 영어라서 그런지 다행히 부르기도 쉽네요. 하하하!"

벤이 덧붙였다.

"우린 취향에 맞는 밴드의 노래는 다 한 번쯤 연주해 봅니다. 가끔은 다른 장르의 노래도 커버해 보기도 하고. 이게 영감을 얻는 데 꽤 도움이 되더라고요."

"만약 MMF가 미국에서 태어난 밴드였다면, 올해의 앨범상은 그들이 받았을 거예요. 진심으로요."

현일이 미소를 지으며 한쪽을 가리켰다.

"저게 바로 그래미 어워드 트로피로군요."

"네, 우리가 옳았다는 것을 직접적으로 보여주는 결과물이죠."

"틀린 사람도 있다는 얘기처럼 들리네요."

"그렇게 되나요? 하하……."

알렉스는 쓰게 웃었다.

이것이 알렉스에게 민감한 주제라는 것을 알아차린 현일은 얼른 화제를 돌렸다.

"하여튼, 내한 공연 얘기를 해봅시다."

"뭐든지."

"우리 회사랑 협력하고 싶은 이유를 알고 싶습니다."

"사실 우리가 원래 SH 그랜드 페스티벌에 출연하려고 했었는데, 그 회사는 영… 마음에 안 듭니다."

"저도 뭐……."

"단적으로 말해서, 구려요. 그래서 여러모로 찾아봤어요. 그런데, 이 GCM이라는 회사는 다르더군요. 상당히 혁신적이에요. 한국에선 상당히 마이너한 장르인 락을 부활시키고, 소속 가수들은 누구 하나 실패한 적이 없죠."

"감사합니다."

리얼리티 드래곤즈에게 이런 칭찬을 들으니 낯이 뜨겁지 않았다.

오히려 대단히 자부심이 느껴졌다.

"우린 그런 회사를 원합니다. 그게 우리가 유니버셜 뮤직과 계약한 이유고, GCM 엔터테인먼트와 같이 일을 하고 싶은 이유입니다. 그래서 묻고 싶습니다. 언제쯤 우리의 무대를 만들어 주실 수 있겠습니까?"

옆에서 듣고 있는 멤버들이 그 말에 동의한다는 듯이 모두 고개를 끄덕였다.

현일은 차분히 생각을 정리했다.

GCM 엔터테인먼트만의 무대.

당연히 만들고 싶다.

물론 오래 걸리겠지만.

하지만 리얼리티 드래곤즈의 무대를 만들어주는 건 그리 어렵지 않을 것 같았다.

"음, 그건 생각보다 빨리 해결할 수 있을 것 같은데요. 아쿠아 팰리스 호텔이라고……."

"아! 그 호텔!"

"역시 아시나 봅니다."

"저도 가본 적 있거든요. 그 호텔에."

"그렇군요."

"그러고 보니 깜빡하고 말을 안 했군요. 제가 갔을 때 마침 맥시드라는 그룹이 공연을 하고 있을 때였습니다."

"상당히 최근이네요. 그때 저도 있었는데… 하하, 그때 뵀었다면 참 좋았을 것을."

현일은 그가 SH 그랜드 페스티벌 때문에 왔겠거니 생각했다.

전생에는 리얼리티 드래곤즈가 거기서 공연을 했었으니까.

알렉스가 조심스럽게 입을 열었다.

"이건 비즈니스 외적인 질문인데……."

"말씀하세요."

"혹시 기타 치는 거 좋아하시는지?"

"잘 안 칩니다. 싫어하는 건 아니지만, 전 신시사이저를 좋아해서."

"그렇군요……."

알렉스는 입맛을 다셨다.

'에이, 아니겠지.'

어차피 크게 기대는 안 했다.

그냥 알렉스가 생각했던 가능성 중 하나가 지워졌을 뿐.

"네, 아까 얘기로 돌아갈까요. 그 호텔이라도 좋다면 제가 어떻게든 리얼리티 드래곤즈의 무대를 만들어 드릴 수도 있습니다. 지금 주기적으로 아쿠아 팰리스에 우리 회사 가수들의 공연을 잡을 수 있도록 계약이 진행 중이거든요. 아마 리얼리티 드래곤즈라면 그쪽도 절대 거절할 리 없겠죠."

"하겠습니다. 당연히."

그렇게 본론이 끝나고 담소를 나누다 현일은 자리에서 일어났다.

아니, 일어나려고 했다.

"잠시만요."

"네?"

"작곡가라고 하셨죠?"

"네."

"실례가 안 된다면, 혹시 이 악보 좀 봐주실 수 있겠습니까? 다음 앨범에 들어갈 타이틀 곡이에요."

현일은 흔쾌히 받아들었다.

리얼리티 드래곤즈의 차기 앨범 수록곡을 가장 먼저 볼 수 있는 기회였으니까.

알렉스가 건넨 악보는 리드 기타의 악보였다.

그래프는 전체적으로 초록색을 그리고 있었다.

"좋은데요. 이건 제 사견이지만 여기 이 부분은 이것보다 이렇게 하는 게 더 나은 것 같습니다."

그 외에도 현일은 붉은색이 나오는 부분을 약간씩 짚어주었다.

"그런가요? 한 번 기타로 쳐주실 수 있겠습니까?"

알렉스의 의도가 바로 이것이었다.

직접 들어보면 확실해질 테니까.

"그러죠 뭐."

이윽고 현일은 기타 하나를 받아들었다.

'오른손잡이용이군.'

현일은 문득 김성재의 말이 떠올랐다.

만약 왼손으로 치면 이들이 더 좋아하지 않을까라는 생각이 들었지만 여기서, 그것도 남의 기타 줄의 위치를 마음대로 바꿀 수는 없는 노릇이었다.

'음… 뭔가 좀… 애매한데.'

알렉스는 어리둥절했다.

묘하게 그 기타리스트와 닮은 것 같으면서도 어딘가 모자랐다.

굳이 표현하자면, 프로 기타리스트의 연주법을 능숙하게 따라하는 아마추어의 느낌.

마치 그래미 어워드 시상식 때의 자신을 보는 것 같았다.

연주를 끝낸 현일은 기타를 내려놓았다.

"어디까지나 제 의견일 뿐입니다. 아시다시피 사람의 취향이 똑같을 수는 없으니까요."

알렉스는 미묘하게 웃었다.

"네, 그래도 썩 도움이 되었네요. 감사합니다."

현일이 리얼리티 드래곤즈의 연습실을 나갔다.

벤이 알렉스에게 물었다.

"어때? 맞는 것 같아?"

"음… 아니."

둘은 한숨을 쉬었다.

*　　　　*　　　　*

아쿠아 팰리스.

제레미와 만난 뒤 현일은 즉시 한국으로 돌아갔다.

아쿠아 팰리스에서 정준용에게 소식을 전했다.

"리얼리티 드래곤즈요? 저희야 환영이죠. 언제 온답니까?"

"아마 다음 달이면 올 겁니다."

"그럼 바로 내일부터 준비해야겠군요. 아, 그나저나 다음 공연은 언제쯤 가능하시겠습니까?"

"음, 호텔은 어떤 가수를 원하나요?"

"저희야 아무나 괜찮습니다."

"그럼 이렇게 합시다. 리얼리티 드래곤즈가 오면, 그때 무대 오프닝 격으로 MMF로 출연시키고 싶은데."

"좋아요. 그것도 괜찮네요. 아무튼, 이런 기회를 주셔서 정말 감사드립니다."

"감사하실 것까지야. 그냥 서로의 이익을 추구하는 것뿐인데요."

"아닙니다. 덕분에 우리 호텔 매출이 크게 늘었어요. 앞으로 그 상승세는 지속될 것 같고요."

"별말씀을."

정준용이 순수한 감사의 마음이 담겨 있는 웃음을 지었다.

정말 이대로라면 대한민국 일등 호텔이 되는 것도 꿈이 아닐 것이다.

"우린 좋은 파트너가 될 것 같습니다."

둘은 악수를 나누고 빠르게 자리에서 일어났다.

서로 할 일이 많았으니까.

곧바로 GCM 엔터테인먼트로 돌아간 현일은 작업실에 앉았다.

'흠, 리얼리티 드래곤즈와 MMF……'

턱을 괴고 고민하던 중 안시혁이 찾아왔다.

"너 리얼리티 드래곤즈 만나고 왔다며?"

"네, 그런데요?"

"하아, 좋겠다. 나도 그 밴드 엄청 좋아하는데. 우리 집에 레전더리 에디션도 있다고. 보여줄까?"

"됐어요, 놀러간 거 아니에요."

"그래도 그게 어디냐. 누구는 맨날 산더미 같은 일에 치여서 회사에 살다시피 하는데. 어느 회산지는 몰라도 참 악덕 업주다. 그치?"

"원래 일하는 만큼 버는 거예요, 형. 제 일도 쉽지 않다고요."

"너는 한 대표님이랑 일거리를 반으로 나누기라도 하잖아."

"형은 셋으로 나누죠."

안시혁이 할 말을 잃었다.

"……"

"누가 시켰어요? 민원 넣으라고."

"…말하면 죽지."

"사실 아쿠아 팰리스에서 MMF가 리얼리티 드래곤즈 노래를 부르고, 리얼리티 드래곤즈가 MMF 노래를 부를 거거든요. 팬서비스의 일환으로."

"헉, 진짜?"

"그래서 두 곡을 편곡해야 하는데, 잠시 팀 3D한테 맡길까 생각하고 있었네요."

"뭣?! 그건 안 돼!"

"그러니까……."

안시혁이 현일의 말을 자르며 소리쳤다.

"내가 하게 해줘!"

"…네?"

"꼭! 그것만은 내가 하고 싶다. 내가 하게 해줘!"

"정말 자신 있어요 형?"

"그래! 이 세상 그 누구보다 리얼리티 드래곤즈에 어울리는 노래를 만들어 줄게!"

안시혁의 눈빛이 반짝반짝 빛나기 시작했다.

결국 현일은 고개를 끄덕일 수밖에 없었다.

"좋아요, 대신."

"무조건 끝내주는 노래를 만들어 줄게!"

"아뇨, 그게 아니라 지영이가 저한테 잔소리 좀 못하게 해달라고요."

"......"

안시혁의 마음속에선 짧은 시간동안 엄청나게 저울질을 해 댔다.

편곡을 하고 싶은 마음은 굴뚝같았다.

두 번 다신 오지 않을지도 모르는 천재일우의 기회.

팬에서 작곡가로, 작곡가에서 파트너로!

하지만 순간의 행복을 대가로 언제 끝날지 모르는 고통을 감내해야 한다.

그렇지만 곧, 추가 기울었다.

"싫음 말든가요."

"아니야!"

*   *   *

"걱정 돼요?"

이지영이 현일에게 물었다.

"응? 뭐가?"

"시혁 오빠가 잘하고 있는지 아닌지 걱정하고 있는 것 같아서요."

"아냐, 걱정은 무슨. 시혁이 형이라면 분명히 알아서 잘할 텐데."

"흠, 그래요?"

"그럼, 당연하지."

현일의 입은 주저 없이 긍정했지만, 정작 몸은 부정하고 있음을 이지영은 알 수 있었다.

팀 3D의 작업실 밖 주변을 서성거리고 있는 현일이 온몸으로 그것을 증명해 주고 있었으니까.

"그냥 들어가서 어떻게 되고 있는지 보는 게 어때요?"

"그것 참 좋은 생각이긴 한데."

현일은 안시혁을 믿고 있었다.

당장에라도 작업실을 쳐들어가서 진행 상황을 보고 싶었지만……

결국 들어갔다.

"너구나."

"이상 없이 진행되고 있는 거 맞죠?"

"그럼, 당연하지."

그러나 안시혁의 표정이 잘 표현해 주고 있었다.

잘 안 되고 있다는 것을.

"정말이죠?"

"그렇다니까? 아주 멋지게 편곡해 줄 테니까 아무 걱정 말고 가만히 앉아서 홍차라도 마시고 있으면 된다."

안시혁은 당당하게 말했지만, 정작 홍차 잔이 쌓여가는 건 그의 책상이었다.

그리고 몇 박스는 될 것 같은 편의점 도시락도 함께 차곡차곡 팀 3D의 작업실에 쌓여만 갔다.

그의 눈 밑엔 다크서클이 자욱하게 내려앉았다.

이따금 목이라도 축이기 위해 의자에서 일어날 때면 아찔한 현기증이 엄습했다.

바로 지금처럼.

'으윽……!'

세상이 핑핑 도는 것만 같은 어지럼증에 몸이 휘청거렸다.

분명히 두 눈을 뜨고 있는데도 시야는 어두워져 한 치 앞도 보이지 않았다.

현일은 놀래 안시혁을 일으켜 세웠다.

"형! 괜찮아요?"

"괘, 괜찮아."

"하나도 안 괜찮아 보인다고요!"

"물, 물 좀……"

이내 현일이 잽싸게 가져온 물병을 벌컥벌컥 들이켠 안시혁.

'시원하군. 그리고… 졸려……'

그는 털썩 쓰러졌다.

＊　　　　＊　　　　＊

어느 병원.

"이러고 있을 시간이 없는데……."

안시혁은 침상에 누운 채로 손목에 꽂혀 있는 링거 주사기를 만지작거리며 중얼거렸다.

링거 팩에는 노란색 영양제가 담겨 있었다.

하얀 천장.

그가 일어나서 가장 먼저 보았던 것이었다.

눈을 감았을 때와 떴을 때 천장이 다른 것은 꽤나 묘한 기분이다.

특히나 그곳이 병원이라면 더욱더.

그래도 단순한 영양실조와 과다한 업무로 인한 스트레스라는 게 불행 중 다행이었다.

현일은 평소에 안시혁이 좋아하던 과일을 올려놓았다.

"그냥 아무 말도 하지 말고 누워 있으세요. 형."

"스트레스가 많이 쌓였나 봐. 편곡할 때는 즐겁다고 생각했는데, 정작 몸이 안 따라준 모양이야."

"스트레스가 만병의 근원이라잖아요. 회사의 사장으로서는 그 열정이 대단히 고맙긴 한데, 우리 회사는 인력이 가장 큰 자원이에요."

그것도 안시혁은 고급 인력이었다.

현일의 말뜻을 파악한 그가 피식 웃었다.

"이제 일주일밖에 남지 않았어. 그런데도 반밖에 못했다고."

"아주 잘해냈더라고요."

"들어봤구나."

"네. 이젠 제가 마무리 지을게요. 지영이랑 성재 형도 같이 하면 어렵지 않을 거예요."

"아냐! 그건 내가⋯⋯."

자신이 마무리 짓겠다고 말하려던 안시혁은 말을 삼켜야 했다.

그도 자신의 처지를 알았다.

이렇게 병상에 누워 있는데 무엇을 한단 말인가.

"그래. 내 몫까지 열심히 해줘."

현일도 안시혁에게 끝까지 맡겨두고 싶었다.

하지만 불안했다.

안시혁의 지금 상황도 상황이고, 그의 실력을 폄하하는 건 절대 아니지만 분명히 좋은 곡인데도 몇 번이고 계속해서 수정을 가하는 것이 문제였다.

그리고 조금이라도 더 하고 끝내기 위해 며칠 밤을 세가면서까지 무리한 게 가장 큰 패착의 요인이었다.

소탐대실.

조금의 시간을 벌기 위해 일주일을 날리게 된 것이다.

당연히 이해는 한다.

무려 리얼리티 드래곤즈의 앨범에 수록될지도 모르는 노래를 만드는 거니까.

물론 일주일이나 침대에서 가만히 누워 있어야 할 정도까지는 아니었지만 그래도 일주일은 쉬게 하는 게 나을 것 같았다.

현일은 안시혁이 최대한 건강하게 복귀하길 바랐으니까.

'아니, 잠깐만.'

현일은 문득 무언가가 떠올랐다.

'왜 그 생각을 못했을까.'

안시혁에게 조금이라도 도움이 될 만한 힌트 같은 건 없을까 싶었다.

'일단 전체적인 파트는 시혁이 형에게 맡겨두고, 내가 기타 파트만 손 좀 볼까?'

자신의 기타리스트로서의 재능을 십분 발휘하는 것이다.

비록 김성재가 한국에선 현일의 기타가 인기 없을 거라 말하긴 했지만, 그것과 상황은 다르다.

리얼리티 드래곤즈의 공연을 보는 사람들은, 당연히 리얼리티 드래곤즈를 좋아하기 때문에 보는 것이고, 리얼리티 드래곤즈는 영미권 밴드다. 그렇게 되면 자연스럽게 영국식 미국식 스타일을 좋아한다는 결론으로 귀결된다.

그럼 한국 시장을 포기하게 되는 거지만, 1,000의 파이를 가진 시장을 저격하기 위해서라면 10의 파이쯤이야 기꺼이 포기해 줄 수 있었다.

잘 먹힐지는 아직 미지수지만 말이다.

                    *   *   *

　현일의 작업실 안 가득히 기타 소리가 울렸다.

　절(Verse)은 브릿 팝처럼 부드럽게, 코러스는 하드 락처럼
심장을 울릴 듯 강렬하게.

　'기타만 잘해주면 시혁이 형이 나머지는 잘해줄 수 있을 거
야.'

　분명 그렇게 되리라 믿어 의심치 않았다.

　기타 파트를 작업하는 데 삼 일이 흘렀고, 안시혁도 그사이
에 퇴원을 했다.

　다행히 안시혁이 공들인 만큼 잘 되어 있어서 크게 어렵거
나 하지는 않았다.

　다만 새로운 시도는 언제나 걱정 반 기대 반이 앞설 뿐.

　퇴원 수속을 마친 안시혁이 작업실로 들어왔다.

　"미안하다. 괜히 능력 밖의 일을 떠맡겠다고 고집 부려서."

　현일은 굳이 그의 말을 부정하지는 않았다.

　"그동안 형이 해놨던 거 다 들어봤어요."

　"그런데?"

　"그래도 엄청 잘해주셨어요. 기대 이상으로요."

　"빈말은 됐다."

　리얼리티 드래곤즈의 앨범이야 그쪽에서 마음대로 하는 거
지만, MMF가 부를 노래는 다음에 나올 정규 앨범의 타이틀

곡으로 써도 좋을 정도였다.

현일이 손짓했다.

"직접 들어보시면 알 거예요. 빈말이 아니란 걸."

"네가 성재랑 지영이랑 같이 다 이것저것 손봐놓은 거 뻔히 아는데."

"에이, 잔말 말고 그냥 들어보시라니까요."

그에 안시혁은 반신반의하며 재생 버튼을 클릭했다.

그는 곧 입을 떡하니 벌려놓고 감상했지만, 잠시 후 무언가를 생각하더니 이윽고 입을 열었다.

"그런데 말이야."

"네."

"이거, 과연 리얼리티 드래곤즈가 연주할 수 있을까?"

"……!"

안시혁의 말도 나름 일리가 있었기에 못하겠다고 하면 다시 바꾸는 수밖에 없다.

'그래도 설마 그렇게까지 어려워하진 않겠지?'

그러나 천재는 범재를 이해하지 못한다고 했던가.

현일에게 '그냥 하니까 되던데?' 수준인 연주를 알렉스 또한 며칠 연습하면 어렵지 않게 커버할 수 있을 거라고 생각했었다.

그도 그럴 것이 리얼리티 드래곤즈는 세계구급 밴드니까.

＊　　　＊　　　＊

며칠 후, 안시혁이 현일에게 물었다.

"어떻대?"

"편곡해서 준 거요?"

"음."

"정말 좋다는 것 외엔 별다른 말 안 하던데요."

"그래? 그 정도 기타를 연주할 수 있는 건가? 역시 리얼리티 드래곤즈는 다르네."

그러나 둘은 모르고 있었다.

지금 알렉스의 손가락에선 피가 흐르고 있다는 것을.

그래도 MMF가 부르게 될 노래는 안시혁이 입원하기 전에 모두 끝내놓았기에, MMF는 공연하기 전까지 완벽히 연습해 놓을 수 있을 것이다.

'아, 참. 그것도 물어봐야지.'

현일은 김성재를 찾아가 예전에 그에게 맡겨놓았던 화제를 꺼냈다.

"GCM 뮤직 건은 어떻게 돼가고 있어요?"

"진행 중이다. 전문 프로그래머도 고용했고."

"지금은 어디까지 됐는데요?"

"웹 디자인 작업 중이야. 이미 시안도 몇 개 있어."

"그거 볼 수 있어요?"

"물론이지."

현일은 드디어 염원하던 플랫폼 사업을 시작한다는 성취감에 들떠 있었다.

"이건 너무 구려요. 무슨 2000년대 초반 네버 홈페이지 보는 것 같네."

"다들 그렇게 말하더군."

"그럼 이건 폐기하고, 이건… 디자인은 괜찮은데 색감이 너무 화려하네요. 눈이 아플 정도로."

"그럼……."

그렇게 둘은 머지않아 오픈하게 될 GCM 엔터의 음원 유통 사이트, 'GCM 뮤직'의 수석 웹디자이너가 보내온 시안을 보자 절로 미소가 그려졌다.

말도 많고 탈도 많을 플랫폼 사업이지만, 언젠가 대한민국 대표 음원 사이트로 우뚝 설 'GCM 뮤직'의 시작이었다.

＊　　　＊　　　＊

SH 그랜드 페스티벌이 열렸다.

SH 엔터테인먼트가 야심차게, 큰돈을 들여 기획한 공연장이었다.

그러나 당초 최초 공연이 예정되었던 윌리엄 존스가 취소되었고, 이성호의 헛된 욕심으로 리얼리티 드래곤즈의 섭외까지 실패하고 말았다.

—네! 제 1회 SH 그랜드 페스티벌의 마지막 무대를 장식해 줄 다음 공연은⋯⋯.

SH 소속의 아이돌 그룹의 이름을 부르는 진행자.

결국 그렇게 SH 그랜드 페스티벌은 SH 소속 가수들의 공연 장소로 쓰이게 되었다.

애초부터 적자를 감수하면서 기획한 공연장이지만, 이젠 아예 돌이킬 수가 없게 되었다.

[SH 그랜드 페스티벌, 대거 환불 사태! 관객들은 이를 가는 중.]

원래 윌리엄 존스가 예정되었을 때 티켓이 거의 매진되었으나, 지금의 좌석은 반의반도 차지 않았다.

"에이, 뭐야. 진짜 윌리엄 존스 안 나오는 거야? 깜짝 쇼라도 나오는 줄 알았더니만⋯⋯."

"리얼리티 드래곤즈는 어디 갔냐! 이 사기꾼들아!"

"괜히 기대했네."

진행자와 가수들에게 무슨 잘못이 있겠는가.

하지만 이렇듯 불만을 토로하는 관객들도 적지 않았다.

표값이 한두 푼인 것도 아니었으니까.

한편, SH 그랜드 페스티벌의 시작을 성대하게 말아먹은 이성호 사장은 하나의 보고를 받게 되었다.

"대표님. 리얼리티 드래곤즈가 아쿠아 팰리스에서 공연을 할 예정이라고 합니다."

"…뭐라고?"

비서의 말을 다시 들은 이성호는 책상을 쾅! 내리쳤다.

"걔들이 왜 그 호텔에서 공연을 하는데?!"

"알아본 바로는… 원래 GCM 엔터테인먼트와 협력해서 공연을 기획하려 했는데, GCM 엔터가 공연장이 없는 탓에 협의 끝에 아쿠아 팰리스에서 공연을 하게 된 것으로 보입니다."

"그리고 아쿠아 팰리스는 GCM 엔터와 협력 업체이고 말이지."

"예."

"GCM……."

요즘 따라 항상 이성호의 귀에 달라붙는 GCM이란 이름.

처음엔 그냥 일 년에 몇 개나 쏟아지는 여느 신생 기획사들처럼 금방 없어질 기획사일 줄 알았는데 어느 순간부터 심히 거슬리기 시작했다.

소속 가수들과 그곳의 작곡가가 작곡한 곡들의 연이은 성공으로 제법 많은 부를 축적한 GCM 엔터테인먼트.

다른 기획사라면 감히 엄두도 못 낼 음원 플랫폼 사업에도 진출하려는 움직임을 보이기 시작했다.

물론 처음 유은영의 일로 만났을 때부터 마음에 안 들었지만 말이다.

"어떻게 할까요?"

"일단… 지켜보자고."

아쿠아 팰리스에 행패를 부릴 수는 없는 노릇이었다.

물론 마음만 먹으면 그렇게 할 수는 있었다.

SH의 가수를 전국의 호텔에 공연을 내보낼 생각이 없다면 말이다.

이성호의 비서가 조심스럽게 입을 열었다.

"하지만 누군가는 책임을 져야 합니다."

이성호가 깊은 동의의 뜻을 담고 고개를 끄덕였다.

본래 SH 그랜드 페스티벌은 이성호 자신이 임원들에게 강력하게 주장하여 기획하게 된 것이지만, 당연히 그는 요만큼도 책임을 질 생각이 없었다.

물론 비난에서 완전히 피해갈 수는 없겠지만, 누군가 총대를 메어준다면 그 짐은 덜할 것이다.

'아직 사용하긴 아까운 카드지만 어쩔 수 없지.'

그리고 이성호는 이미 자기 대신 총대를 메어줄 충직한 부하 직원을 데리고 있었다.

그는 가만히 눈을 감고 생각에 잠겼다.

'너무 높지도, 낮지도 않은 자리에 있는 사람……'

바로 떠오르는 사람이 몇 있었다.

'이영철 프로듀서는 아직 아까워.'

SH의 초창기 시절부터 많은 히트곡을 뽑아내 준 프로듀서인 그를 내칠 수는 없었다.

결국 좁히고 좁히다 한 사람만이 남았다.

가장 보내기 싫지만, 그렇기에 보내야 하는 사람이.

"김 실장한테 잠시 보자고 전해주게."

"예."

*   *   *

한 남자가 있었다.

기타를 좋아해서 10년 동안 기타를 잡으며 음악에 심취해 갔다. 비록 그 길이 한국이라는 음악 시장에선 좁고, 멀고, 험하다는 건 충분히 알고 있었다. 아니, 충분히 알지 못했는지도 모른다. 이렇게나 힘든 길일 줄 알았다면 락(Rock)을 하겠다는 자신의 꿈에 대해 좀 더 냉정하게 생각했을지도 모르니까. 하지만 그거야 이미 지나간 과거의 일이다.

그렇기에 과거의 선택에 후회가 없도록 열심히 노력했다.

왜 자신의 주변엔 말리는 사람이 없었을까.

현실을 깨닫기까지 왜 그리 오랜 시간이 걸렸을까.

그러나 현실을 깨달았을 땐, 돌이키기엔 너무 멀리 와버렸다.

할 줄 아는 것은 오로지 기타를 치는 것밖엔 없었다.

그렇게 후회하고 있을 때, 혜성처럼 그에게 희망을 주는 존재들이 나타났다.

Make Me Famous.

물론 그들이 락보다는 팝에 가까운 장르를 하긴 했어도, 오로지 실력으로만 승부해도 한국 음악 시장에서 락 밴드가 우뚝 설 수 있다는 것을 알려주었다.

시간이 흘러, 그냥 MMF가 운이 좋은 거라 결론을 내렸을 때, 두 번째 희망을 주는 존재들이 나타났다.

SH 엔터테인먼트의 기타 콘테스트.

한국의 톱클래스 메이저 기획사인 SH가 밀어준다면 충분히 밴드의 입지를 만들어 줄 거라고 믿었다.

김경현.

그는 그렇게 생각했다.

김 실장은 김경현의 처지를 생각하며 조소했다.

한편으론 안타깝기도 했다.

김경현이 쓸모없게 된 이상, 잘해봤자 SH의 만년 연습생으로 남을 것이다.

결국에는 방출될 것이고.

업무를 보고 있는 그에게 누군가가 다가왔다.

"김 실장님. 대표님이 부르십니다."

"…알았다."

김 실장은 올 게 왔다는 것을 직감적으로 알았다.

'이것 참. 내가 남 걱정할 처지는 아니었군.'

애써 웃으며 걸어가는 그의 발걸음이 평소보다 더 묵직했다.

*   *   *

리얼리티 드래곤즈의 연습실.

"아직도 연습하고 있는 거야 알렉스?"

"……."

알렉스의 귀엔 벤의 말이 들리지 않았다.

"설마 어제 집에 안 들어간 건 아니지?"

그저 묵묵히 연습에 집중할 뿐이었다.

보다 못한 벤이 알렉스의 기타와 연결된 앰프를 꺼버렸다.

"무슨 짓이야?"

창백한 안색에 퀭한 눈동자가 일전 안시혁의 얼굴과 상당히 흡사했다.

리얼리티 드래곤즈가 알 리는 없는 사실이지만 말이다.

아무튼 그런 알렉스의 몰골을 본 벤이 기겁했다.

"임마. 너 이러다 진짜 죽겠다!"

"사람은 그렇게 쉽게 안 죽어."

"그래. 네가 지금 심하게 무리하고 있다는 건 자각하고 있나 보네."

"그랜드 마스터가 어디 있는지 알았는데 나도 가만히 있을 수는 없잖아?"

얼마 전에 GCM 엔터에서 보내준 음원을 들은 리얼리티 드래곤즈. 그로 인해 그들은 드디어 BCMC의 그랜드 마스터의 소재를 파악했다. 리얼리티 드래곤즈가 편곡 받은 곡은 편곡가가 여러 명이었기에 정확히 누군지는 아직 몰랐지만, 그것도 시간문제였다.

뭣하면 지금 전화해서 물어봐도 되지만, 그러고 싶지는 않았다.

그랜드 마스터는 꼭 직접 찾아가서 보고 싶었으니까.

"그러니까. 그를 만나보지도 못하고 죽을 셈이냐?"

벤의 진심어린 충고에 알렉스도 흔들렸다.

"그래… 만나기도 전에 죽을 수는 없지."

"집에 가라고는 안 할 테니까, 쉬어 가면서 해. 일단 넌 좀 자는 게 좋겠다."

"그러지."

알렉스가 내려놓은 기타의 줄은 그의 손가락에서 흘러나온 핏자국이 말라붙어 검붉게 변색되어 있었다.

살이 까지고, 다시 치유되고, 다시 까지고, 다시 치유되고를 반복하면서 그 위에 굳은살이 늘어갔다.

굳은살이 늘어가는 만큼, 그의 실력도 조금씩 조금씩 늘어갔다.

＊　　　＊　　　＊

호텔 아쿠아 팰리스.

공연 날이 다가왔다.

아쿠아 팰리스도, MMF도, 리얼리티 드래곤즈도 공연 준비로 분주했다.

아무리 특 1급 호텔이라도 좌석 수에 한계는 있어서 그렇게 큰 공연장은 아니다.

하지만, 리얼리티 드래곤즈가 아쿠아 팰리스에서 공연한다는 소식이 알려지고 나서 불과 반나절 만에 전석이 매진되고, 사이트 접속자의 폭주로 인해 서버가 다운이 될 정도였으니 팬들이 가지는 기대가 얼마나 큰지 잘 알 수 있었다.

리얼리티 드래곤즈의 사상 첫 내한 공연!

그 감동의 순간이 바로 아쿠아 팰리스에서 펼쳐지는 것이었으니 말이다.

비밀 리허설이 끝나고 공연 시간이 바로 지금 다가왔다.

—이 자리에 모여주신 관객 여러분들께 진심으로 감사의 말씀을 드리겠습니다. 리얼리티 드래곤즈의 공연에 앞서서, 특별 출연하게 된 Make Me Famous의 공연부터 보시겠습니다!

"와아아아아!"

이 자리엔 MMF의 공연을 보기 위해 온 사람들도 적지 않았다. 비록 짧게 한 곡만 부르고 무대에서 내려갈 예정이었음에도 말이다.

마이크를 잡은 남선호가 멘트를 읊었다.

─리얼리티 드래곤즈의 공연 자리임에도 불구하고 저희 MMF를 이렇게 환대해 주셔서 감사드립니다.

"와아아아아!"

─리얼리티 드래곤즈 빨리 보고 싶으시죠?

"예에에에에!"

─그럼 짧게 한 곡만 하겠습니다. 우리가 오늘 들려드릴 곡은… 리얼리티 드래곤즈의 워리어입니다!

"와아아아아!"

팬들은 안시혁이 편곡한 리얼리티 드래곤즈의 노래, MMF에디션에 매우 만족해했다.

일부는 앵콜을 외쳤지만, 오늘 이 무대의 주인공은 그들이 아니었기에 팬들의 성원을 거절할 수밖에 없었다.

무대 진행자의 다음 멘트와 끝나고 곧 리얼리티 드래곤즈가 등장했다.

─안녕하세요.

팬들은 그들이 나타나자 즉시 환호했고, 어색한 발음이었지만 벤의 한국어 인사에 다시 환호했다.

─MMF의 'Warrior'는 정말 잘 들었습니다. 설마 워리어를 그런 식으로 원곡보다 더 훌륭하게 뽑을 수 있을 거란 생각은

못했는데요. 그 보답의 뜻으로, 이번엔 우리가 첫 번째 공연으로 MMF의 곡을 불러드리겠습니다.

"우와아아아아아!"

관객들은 그 어느 때보다도 큰 함성을 내질렀다.

"켁, 켁!"

아직 공연은 시작도 안 했는데 벌써 목이 쉰 관객이 있을 정도였다.

곧 리얼리티 드래곤즈는 공연을 시작했다.

이 순간이 가장 기대되었던 건 관객들이 아니다.

'잘하자. 잘해야 돼, 알렉스.'

알렉스는 스스로에게 암시를 걸면서 기타를 만지작거렸다.

관객들의 열렬한 함성도 들리지 않았다.

이 날만을 위해 얼마나 피땀 흘려 연습을 했던가.

그래미 어워드 공연 연습 때도 이 정도는 아니었다.

공연이 시작되자마자 관객들은 알렉스의 현란한 기타 연주에 침을 꿀꺽 삼켰다.

'MMF의 노래가 저렇게까지 끝내주는 곡이었나?'라는 생각을 하면서 말이다.

그리고 마지막의 하이라이트인 알렉스의 솔로 기타 파트.

가까이 서 있기만 해도 온몸으로 진동이 느껴지는 커다란 스피커.

기타를 치면 그곳에서 소리가 나오고, 그 스피커에서 나온 소리가 다시 기타 현을 튕기는 매우 고난도의 피드백 사운드였다.

"우오오오오!"

저런 테크닉이 가능한 것인지, 존재하는지 조차도 몰랐던 연주법. 자칫하면 소리가 찢어지거나 괴상한 소음이 나올 수도 있는 연주를 순조롭게 해낸 것이다. 관객들은 오늘 알렉스의 미친 듯한 기타 연주에 혀를 내둘렀다.

"알렉스! 알렉스! 알렉스! 알렉스!"

첫 공연이 끝나자, 관객들은 마치 사전에 약속이라도 돼 있던 것처럼 합심하여 그의 이름을 외쳤다.

＊　　　　＊　　　　＊

"정말 최고의 무대였어요, 알렉스. 기타 플레이가 예사롭지 않던데요?"

"별말씀을, 아직 한참 멀었죠. 작곡가님 회사에 있는 의문의 기타리스트에 비하면."

"의문의 기타리스트요?"

"우리가 처음에 불렀던 MMF의 기타 파트를 편곡한 기타리스트 말입니다."

"그 사람이 누군지 궁금하신 거군요."

"네, 정말 누구인지 궁금해서 미칠 지경입니다. 한 번만이라도 꼭 뵙게 해주시면 반드시 사례하겠습니다!"

홍분한 알렉스의 목소리가 격해졌다.

현일이 미소 지었다.

"그거야 어렵지 않죠."

"정말입니까?"

"네, 바로 여기에 있으니까요."

현일이 어깨를 으쓱하자, 알렉스는 그 의미를 알아차렸다.

그 순간, 알렉스의 표정이 의아함으로 물들었다.

'그때도 잘 치긴 했지만, 그랜드 마스터 정도까진 아니었는데?'

지난번에 현일이 연습실로 찾아왔을 때의 기억이 떠오른 것이다.

"못 믿으시는 눈치인데요?"

"아, 아뇨. 그럴 리가요. 하하……."

"그럼 직접 보여 드리면 되겠죠?"

"네? 네."

현일은 더 가타부타 할 필요 없이 그냥 직접 보여주면 되는 일이라 여겼다.

알렉스에게서 그의 기타를 건네받은 현일은 고개를 저었다.

"여기선 보여 드리기가 힘들겠네요. 왼손잡이용 기타가 없어서."

"아!"

알렉스의 뇌리에 쾅! 하고 천둥번개가 번뜩이는 느낌을 받왔다.

왼손 기타.

그야말로 지미 헨드릭스 그 자체가 아닌가!

"우선 인터뷰부터 끝내고 오세요. 제 작업실에서 보여 드리겠습니다."

"기대하고 있겠습니다!"

*　　　　*　　　　*

본래 리얼리티 드래곤즈는 인터뷰를 느긋하게 진행하려고 했었다.

그러나 마음이 들뜬 그들은 몰려든 각종 언론사와의 인터뷰를 빠르게 해치워 버리고 현일의 작업실을 찾아갔다.

'드디어!'

손꼽아 기다렸던 기타리스트의 라이브 연주.

알렉스가 죽기 전에 꼭 이루고 싶은 소원 목록이 있다면, 그것이 제일 위에 적혀 있을 것이었다.

지잉.

현일은 집에서 가져온 자신의 펜더 기타를 들고 네 명의 관객 앞에서 기타를 연주하기 시작했다.

곡은 리얼리티 드래곤즈가 불렀던 MMF의 노래.

알렉스가 했던 것처럼 화려한 연주법도, 퍼포먼스도 없는 그저 앉아서 기타를 칠 뿐이었지만, 지켜보는 그들의 눈은 경악으로 물들어갔다.

"대단해……."

어찌 사람의 손으로 이런 플레이를 보여줄 수 있는지, 그야말로 기타의 화신이 강림한 듯한 모습이었다.

연주가 끝난 후, 알렉스는 격한 환호를 하려던 것도 잊은 채 현일의 어깨를 붙잡고 물었다.

"……?"

"작곡가님. 우리와 함께 미국으로 가지 않으시겠습니까?"

『작곡가 최현일』 6권에 계속…

FUSION FANTASTIC STORY
자미소 장편소설

GRAND SLAM
그랜드슬램

2016년의 대미를 장식할 최고의 스포츠 소설!!

Career record : 984W 26L
Career titles : 95
Highest ranking : No.1(387weeks)
Grand Slam Singles results : 23W
Paralympic medal record : Singles Gold(2012, 2016)

약 십 년여를 세계 최고로 군림한 천재 테니스 선수.
경기 내내 그의 몸을 지탱하고 있는 것은…… 휠체어였다.

『그랜드슬램』

휠체어 테니스계의 신, 이영석(32).
그는 정상의 자리에서도 끝없는 갈망에 사로잡혀 있었다.

"걷고 싶다, 뛰고 싶다. …날고 싶다!!"

**뛸 수 없던 천재 테니스 선수
그에게, 날개가 달렸다!!!**

Book Publishing CHUNGEORAM

유행이 아닌 자유추구 -
WWW.chungeoram.com

GAME BALL
게임볼
설경구 장편 소설
FUSION FANTASTIC STORY
무명의 야구인이었던 남자,
우진이 펼치는 야구 감독으로서의 화려한 일대기!
『게임볼』
"이 멤버로 우승을 시키라고?"
가상 야구 게임,
게임볼을 통해 인생 역전을 꿈꾸는
한 남자의 뜨거운 행보에 주목하라!
Book Publishing CHUNGEORAM
유행이 아닌 자유추구 -
WWW.chungeoram.com